해방된 예루살렘

Gerusalemme liberata
by Torquato Tasso

Published by Acanet, Korea, 2017

한국연구재단총서
Academic Library of NRF   학술명저번역   597

해방된 예루살렘

②

Gerusalemme liberata

토르콰토 타소 지음 | **김운찬** 옮김

아카넷

옮긴이의 일러두기

1. 자주 등장하는 인물은 이탈리아어 이름을 기준으로 표기하였다.
2. 지명은 해당 지역의 언어로 표기하는 것을 원칙으로 하였다. 다만 어디를 가리키는지 불분명한 지역
   이나 타소가 창작해낸 지역의 경우 이탈리아어 이름을 기준으로 표기하였다.
3. 작품이 길기 때문에 한국어판은 분량에 따라 3권으로 분권하였다.
4. 본문에 달린 주(註)는 모두 옮긴이의 주이다.
5. 차례의 내용은 원서에는 없으나 독자들의 이해를 위해 옮긴이가 각 곡의 줄거리를 요약한 것이다.

한국연구재단의 지원으로 아리오스토의『광란의 오를란도』에 뒤이어 토르
콰토 타소Torquato Tasso(1544~1595)의『해방된 예루살렘Gerusalemme
liberata』을 우리나라에서 처음으로 번역하여 출판하게 된 것을 기쁘게 생
각한다. 유럽의 르네상스 문학에서 중요한 위치를 차지하고 있음에도 불
구하고 여러 가지 이유로 지금까지 번역되지 않았는데, 뒤늦게나마 우리
나라 독자들에게 선보이게 된 것은 나름대로 의미가 있다고 생각한다. 문
학뿐만 아니라 음악과 미술 분야에서 심심찮게 거론되는 작품이기 때문이
다. 이 작품에 대하여 간접적인 정보만 갖고 있던 독자들에게는 도움이 될
것으로 기대한다.

번역에서는 카레티Lanfranco Caretti(1915~1995)가 편집하고 해설을 붙
여 1971년 에이나우디Einaudi 출판사에서 간행한 판본을 기준 텍스트로
하였다. 그와 함께 토마시Franco Tomasi가 상세한 해설과 함께 편집하여
2009년 리촐리Rizzoli 출판사에서 간행한 판본도 동시에 활용하면서 작
업하였다. 그리고 위커트Max Wickert의 영어 번역본 *The Liberation of
Jerusalem*, Oxford University Press, 2009도 참조하였다.

『해방된 예루살렘』은 전통적인 서사시 형식으로 되어 있고, 따라서 정해진 음절 숫자에 일정하게 반복되는 각운을 맞춤으로써 고유한 리듬과 음악성을 갖고 있다. 하지만 이탈리아어와 한국어 사이의 근본적인 질료 차이로 인하여 그런 운문의 특성과 아름다움을 옮기고 전달하기는 어려웠다. 단지 각 행이 11음절로 되어 있다는 것을 고려하여 최소한 행의 길이를 어느 정도 맞추려고 노력했을 뿐이다. 그러다 보니 행갈이 부분에서 약간 어색하게 나뉜 경우가 있을 것이다. 그렇지만 운문의 특성을 전달하지 못하는 대신 내용에 있어서는 가능한 한 원문에 충실하게 번역하려고 노력하였다.

그리고 『해방된 예루살렘』은 르네상스 시대의 작품이라는 점도 고려해야 한다. 현대의 우리와는 다른 문화적 환경과 감수성을 가진 독자들을 대상으로 한 작품이기 때문에 일부 수사학적 표현이나 서술 방식이 낯설게 보일 수도 있다. 간혹 장황하고 진부해 보이는 곳도 있을 것이다. 하지만 거기에서 새로운 느낌과 감동을 맛볼 수 있으며, 그럴 경우 그것은 색다른 차원으로의 시간 여행 같은 즐거움이 될 것이다.

작품의 이해를 돕기 위해 군데군데 각주를 덧붙였다. 작품에서 언급되는 십자군 전쟁의 역사적 사실에 대해서나 르네상스 시대 이탈리아에서 유행한 기사 문학에서 전통적으로 형성된 인물이나 사건에 대해 간략하게 설명했다. 그런 부연 설명이 일부 독자에게는 상식으로 이미 알고 있는 사실이어서 읽기의 흐름을 방해할 수도 있지만, 중세의 기사 문학에 익숙하지 않은 독자에게는 도움이 될 것으로 기대한다. 그리고 각각의 곡 앞에다 그 내용에 대한 간략한 요약을 덧붙였다.

『해방된 예루살렘』을 번역하기 위해 나름대로 많은 시간과 열정을 기울였지만 여러 가지 면에서 부족하고 미흡한 부분이 있다고 생각한다. 그렇지만 이 작은 결실이 지금까지 우리나라에 알려지지 않은 이탈리아의 고전 작품들을 번역하고 소개하는 데 작은 디딤돌이 되었으면 한다. 그리고 언제나 좋은 책을 만들기 위해 노력하는 아카넷 출판사 가족들에게 감사를 드린다.

2017년 하양 금락골에서
김운찬

제2권 차례

제12곡 | 165

밤에 클로린다와 아르간테는 공성 기계를 파괴하러 가려고 한다. 클로린다를 섬기던 환관은 그녀가 그리스도인 왕가 출신임을 알려준다. 탑을 불태우고 성 안으로 피하지 못한 클로린다는 그녀를 알아보지 못한 탄크레디와 싸우다 치명적인 부상을 입고, 세례를 요청하여 받은 다음 죽는다. 절망한 탄크레디는 자결하려 하지만 꿈에 클로린다가 만류한다.

제13곡 | 209

마법사 이스메노는 지옥의 악마들을 부르며 근처의 숲에 마법을 걸어 공성기계의 제작에 필요한 목재를 구하지 못하게 만든다. 용감한 기사들이 시도하지만 숲속의 온갖 유령들을 넘어서지 못하고 두려움에 사로잡혀 돌아온다. 거기에다 끔찍한 가뭄이 그리스도 진영을 괴롭히고, 고프레도가 간곡하게 기도를 올리자 하느님은 비를 내려준다.

제14곡 | 243

고프레도의 꿈을 통해 하느님은 리날도만이 숲의 마법을 깨뜨릴 수 있다고 알려준다. 고프레도는 리날도를 찾기 위해 카를로와 우발도를 전령으로 보낸다. 아스클론의 마법사는 전령들에게 아르미다가 마법으로 리날도를 사로잡아 멀리 떨어진 '행운의 섬들'로 데려갔다고 알려준다. 그리고 어떻게 리날도에게 갈 수 있는지 자세하게 방법을 알려준다.

제1권 차례

제5곡

그리스도교 기사들은 두도네의 후계자 자리를 두고 다투며, 악마의 부추김을 받은 제르난도는 리날도를 모욕하고, 격분한 리날도는 제르난도를 죽인 다음 더 큰 불행을 피하기 위해 진영에서 달아난다. 아르미다에게 현혹된 여러 훌륭한 기사들은 그녀를 도와주기 위해 떠난다. 그동안 이집트 함대가 다가오고, 아라비아 도둑들 때문에 해상으로부터 물자 보급이 어려워진다.

제6곡

아르간테는 결투로 전쟁의 성패를 결정짓자고 제안하고, 그리스도 진영에서는 탄크레디가 결투에 응한다. 치열한 싸움으로 두 기사는 부상을 당하고, 그래도 계속되던 결투는 밤이 되어서야 중단된다. 결투를 지켜보던 에르미니아는 부상당한 탄크레디를 치료해주기 위해 클로린다의 갑옷을 입고 그리스도 진영으로 가다가 순찰대에게 발각되어 달아난다.

제7곡

에르미니아는 어느 목동의 가족에게로 피신하고, 탄크레디는 클로린다를 쫓아간다고 믿었으나 에르미니아의 계략에 걸리고, 마법의 성에 다른 기사들과 함께 갇히게 된다. 재개된 결투에 늙은 라이몬도가 나서고, 천사들과 악마들이 개입하고 협정이 깨지면서 두 진영은 전면적 전투로 치닫는다. 악마들이 일으킨 폭풍우에 그리스도 진영은 커다란 피해를 입는다.

제3권 차례

제18곡

리날도는 은둔자 피에로의 권유대로 참회하고 올리브 산에서 기도를 올린 다음 숲의 마법을 깨뜨리고, 병사들은 좋은 목재를 가져다 공성 기계들을 제작한다. 고프레도는 이집트 군대의 구체적인 계획을 알기 위해 첩자를 파견하고, 예루살렘을 향해 공격을 감행한다. 치열한 전투가 벌어지고 리날도가 용맹하게 활약하는 동안 천사들의 부대가 도와준다.

제19곡

탄크레디와 아르간테는 최후의 결투를 벌인다. 아르간테는 죽고 부상당한 탄크레디는 기절한다. 전투는 성벽 안으로 이어져 약탈과 살육이 벌어지고, 알라디노와 솔리마노는 다윗 탑으로 피신한다. 이집트 진영에 잠입한 첩자 바프리노는 고프레도를 암살하려는 계획을 알아내고 아르미다와 함께 돌아온다. 아르미다는 부상당한 탄크레디를 발견하고 치료해준다.

제20곡

이집트 군대가 도착하고 고프레도가 그들과 치열한 전투를 벌인다. 복수하려던 아르미다는 리날도를 보자 다시 사랑에 약해진다. 리날도는 솔리마노를 죽이고, 라이몬도는 알라디노를 죽인다. 리날도는 자결하려던 아르미다를 만류하고 함께 데려가겠다고 약속한다. 고프레도는 암살 계획을 무산시키고 이집트 군대의 총대장을 죽이면서 승리를 거둔다.

제8곡

그리스도 진영에 도움을 주기 위해 오던 덴마크 왕자 스베노가 솔리마노의 매복에 걸려 죽었다는 소식이 전해진다. 소식을 전한 기사는 하늘의 뜻에 따라 스베노 왕자의 검을 리날도가 물려받아야 한다고 알려준다. 그동안 리날도가 죽었다는 소문이 퍼지고, 불화를 조장하는 악마들에 의해 고프레도에 반대하는 폭동이 일어나지만, 천사의 도움으로 진압된다.

이제 천둥과 폭풍이 잠잠해졌으며   1
북풍과 남풍의 바람들이 멈추었고,
새벽이 장밋빛 이마와 황금빛 발로
천상의 집에서 솟아 나오고 있었다.
그렇지만 폭풍을 일으켰던 자들은
아직도 자기 일을 멈추지 않았고,
그들 중의 하나인 아스트라고레[1]는
동료 알렉토에게 이렇게 말하였다.

"알렉토, 우리 제국 최고 보호자의   2
강력한 손아귀에서 살아 빠져나온
저 기사[2]가 오고 있는 것을 좀 봐.

---

1   Astragorre. 타소가 상상해낸 악마의 이름으로 짐작된다.
2   나중에 제14곡 31연에 가서야 구체적으로 이름이 언급되는 덴마크 스베노 왕자의 기사 카

이제는 우리가 저지할 수도 없어.
저자는 대담한 자기 주군과 동료들의
사건을 프랑스인들에게 이야기하여
중요한 것을 밝힐 텐데, 베르톨도의
아들[3]을 불러들일 위험이 있을 거야.

처음부터 힘과 속임수로 막는 것이   3
얼마나 중요하고 필요한지 알잖아.
그러니 프랑스인들 사이로 내려가
그가 좋게 말하는 것을 악화시켜.
이탈리아인, 스위스인, 영국인의
혈관에 불꽃과 독약[4]을 집어넣고
분노와 소동을 일으켜서 결국에는
모든 진영이 혼란해지게 만들어.

그런 일은 우리의 주인[5] 앞에서   4
고귀하게 자랑하는 너에게 적합해."
그렇게 말하였고, 그것으로 잔인한
괴물이 그 일을 맡기에 충분했다.
그동안 오고 있는 모습을 보여준

롤로Carlo이다.
3 리날도.
4 분노의 불꽃과 의심의 독약을 의미한다.
5 사탄 또는 루키페르.

기사는 그리스도 진영에 도착하여
말했다. "오, 기사들이여, 부탁건대
최고 대장에게 나를 안내해주시오."

많은 기사가 이방인의 새로운 소식을   5
듣기 위해 그를 대장에게 안내하였다.
그는 몸을 굽히고 예루살렘⁶을 떨게
만드는 영광스런 손에 입을 맞추고
말했다. "명성이 바다와 별들에까지
도달하는 나리에게 저는 누구보다도
행복한 전령으로 오고 싶었습니다."
그리고 한숨을 쉬더니 이어 말했다.

"덴마크 왕의 외아들로 연로한 왕의   6
영광이자 버팀목인 스베노 왕자께서는
나리의 결정을 따라 예수님을 위하여
검을 두른 기사들과 합류하기를 원해,
여러 노고나 위험에 대한 두려움도,
왕국에 대한 욕망이나 연로한 왕에
대한 연민도 그 너그러운 가슴속의
고귀한 애정을 막지는 못했습니다.

6   원문에는 "바벨"로 되어 있다.

그분은 고귀한 스승이신 나리에게서   7
힘들고 어려운 전쟁의 기술을 배우고
싶은 욕망에 이끌렸고, 젊은 나이에
완숙한 명성을 지닌 리날도의 이름을
사방에서 들으면서, 초라한 자신의
명성에 부끄러움과 경멸을 느꼈지만,
다른 어떤 이유보다 지상의 명예가
아닌 하늘의 명예를 위해 움직였지요.

그래서 지체하지 않고 용감하고 강한   8
선택된 동료들의 부대를 함께 데리고
제국의 수도인 도시[7]로 가기 위하여
트라키아를 향하여 길을 떠났습니다.
그리스인 황제는 궁정으로 환대했고
거기에 나리께서 보낸 전령이 왔지요.
그는 안티오키아를 어떻게 점령하고
방어했는지 자세히 이야기해주었어요.

페르시아에 대항해 방어했는데, 많은   9
무장 병사를 공격에 동원하는 바람에
그 거대한 왕국에 무기들과 사람들이
텅 비었을 정도라고 이야기했습니다.

7　비잔티움 제국의 수도인 콘스탄티노폴리스.

또 나리와 많은 기사에 대해 말했고,
리날도에 이르러서 거기에서 멈추고
대담한 도주[8]와 이후 당신들과 함께
벌인 영광스런 일들을 이야기했지요.

마침내 프랑스인들이 이 성문들을   10
어떻게 공격했는지 덧붙여 말했고,
그분에게 최소한 최종적인 승리에
함께 참여하고 싶도록 권유했지요.
그런 말은 용감한 스베노의 가슴에
강렬한 자극이 되었고, 이교도들에게
검을 휘두르고 손에 피를 적시려는
욕망에 매 순간이 오 년처럼 보였지요.

다른 사람의 영광에 자신의 비열함이   11
비난받는 것처럼 보여서 괴로워했고,
거기 머무르라고 권하거나 부탁하면
모른 척하거나 들으려 하지 않았어요.
혹시 나리의 명성과 위험에 참가하지
못할까 하는 걱정 외에는 어떤 위험도
겁내지 않고 오직 그것만 걱정하였고,
다른 것은 듣거나 걱정하지 않았어요.

8　십자군에 참가하기 위해 어린 나이에 집에서 달아난 것을 가리킨다.(제1곡 60연 참조)

그분은 스스로 자기 운명을 재촉했고,   12
우리를 이끄는 운명을 그분은 자신이
이끌었고, 따라서 출발을 위해 새로운
새벽의 첫 빛살을 간신히 기다렸지요.
가장 빠른 길이 가장 좋은 길이었으니,
주인이자 지휘관이 그렇게 선택했고
아주 힘든 길이나 정복당한 적들의
마을도 전혀 피하려고 하지 않았어요.

때로는 식량의 결핍이나 힘든 길에   13
부딪쳤고 공격이나 매복도 만났지만,
그 모든 불편함을 극복했고, 때로는
적들을 죽이거나 또는 피해갔지요.
승리로 모두들 위험에서 안전해졌고
승리자들은 대담해지기까지 했는데,
어느 날 우리는 이제 팔레스티나에서
멀지 않은 경계선에 진영을 세웠어요.

거기에서 탐험자들로부터 들었답니다.   14
커다란 전투 소리를 들었고 깃발들과
다른 징조들을 보았고, 따라서 대규모
부대가 가까이 있는 것 같다는 겁니다.
그렇게 놀라운 소식에 많은 사람들의
얼굴이 하얗고 창백하게 물들었지만,

대담한 우리 주인께서는 의도나 표정,
얼굴 색깔, 목소리도 바꾸지 않은 채

말했지요. '오, 이제 우리는 순교나   15
승리의 왕관에 가까이 다가왔구나!
승리를 원하지만 더 커다란 가치와
똑같은 영광인 순교도 역시 원하노라.
형제들이여, 우리가 있는 이 진영은
미래에 우리의 무덤들과 전리품들을
손으로 가리키고 보여주면서 영원히
기억할 성스러운 성전이 될 것이다.'

그렇게 말한 뒤 보초들을 배치했고   16
임무들과 할 일을 분담해주었으며,
모두 무장한 채 자라고 했고 자신도
무기와 갑옷을 내려놓지 않았어요.
밤이었고 잠과 정적이 가장 가까운
친구로 다가오는 한밤중이었을 때
야만적인 함성이 들려오고, 하늘과
지옥까지 닿는 소음이 들려왔어요.

'비상! 비상!' 외쳤고, 갑옷 차림의   17
스베노는 누구보다 앞장서 나갔고,
담대하게도 그의 두 눈과 얼굴은

강렬한 빛깔로 물들고 불탔습니다.
우리는 공격당하고 있었고 사방이
온통 빽빽한 원으로 둘러싸였으며
주위는 온통 창과 검의 숲이었고
머리 위로는 화살 구름이 덮었지요.

한 명에 대항해 공격하는 자들이   18
스무 명으로 불평등한 싸움에서
어둠 속의 무차별 공격으로 많은
사람이 부상을 당하거나 죽었지만,
어둠 속에 누구도 죽은 자들이나
쓰러지는 자들의 숫자를 몰랐으니,
밤이 우리의 피해들과 역량 있는
우리의 활동을 동시에 뒤덮었지요.

그러한 와중에서도 스베노는 쉽게   19
알아볼 수 있도록 머리를 쳐들었고,
어둠 속에서도 보는 사람은 놀라운
무훈과 역량을 알아볼 수 있었어요.
피의 강에다 죽은 자들의 산더미가
주위에 웅덩이와 둑을 만들었으며,
어디로 가든 눈에는 공포, 손에는
죽음을 가져가는 것처럼 보였지요.

그렇게 새벽이 벌써 불그스레하게   20
하늘에 나타날 때까지 싸웠답니다.
하지만 끔찍한 밤이 죽은 자들의
공포를 덮었다가 사라졌기 때문에,
열망하던 빛은 고통스럽고 끔찍한
광경으로 우리의 공포를 가중시켰고,
진영은 죽은 자들로 가득하고 거의
모든 우리 병사들이 죽어 있었어요.

이천 명 중에서 백 명이 안 남았고,   21
스베노는 그 많은 피와 죽음을 보며
그의 강력한 마음이 끔찍한 광경에
흔들리거나 당황했는지 모르겠지만
보이지 않았고, 소리 높여 외쳤어요.
'지옥^{9}에서 멀리 떨어진 천국으로
가는 길을 피로써 우리에게 보여준
저 용감한 동료들을 뒤쫓아가자.'

그리고 제가 보기에는 마음속이나   22
표정으로 임박한 죽음에 즐거운 듯
그렇게 야만적인 파괴에 대항하여

---

9   원문에는 "아베르누스와 스틱스"로 되어 있다. 고전 신화에서 아베르누스 호수는 저승의
    입구를 가리키고(제5곡 18연 참조), 스틱스는 저승에 흐르는 강들 중 하나이다.

변함없이 대담한 가슴을 내밀었어요.
갑옷은 강철이 아니라 금강석으로
단련되어 있더라도 그 강한 타격들을
견디지 못했으니 그의 몸은 단 하나의
상처가 되었고 싸움터를 피로 적셨어요.

생명이 아니라 역량이 그 집요하고   23
용감한 시체 같은 몸을 떠받쳤으며,
그분은 쉬지 않고 맞으면서 때렸고
오히려 맞은 것보다 많이 때렸지요.
그러다 마침내 잔인한 눈과 모습의
거대한 적이 광폭하게 돌진하였고
오랫동안 집요하게 싸운 끝에 많은
사람의 도움으로 그를 쓰러뜨렸어요.

불굴의 젊은이는 쓰러졌고 (슬프도다!)   24
우리 중 누구도 복수할 수 없었어요.
사랑하는 주인님의 잘 뿌려진 피와
고귀한 뼈들이여, 그대들이 증인이니,
나는 더 이상 내 생명을 돌보지 않고
검을 피하거나 타격도 피하지 않았고,
만약 내가 그 위에 죽는 것을 하늘이
원하였다면, 당연히 그랬을 것입니다.

죽은 동료 사이에서 나 혼자 살았고,					25
누구도 내가 살아 있다고 생각하지
않았을 것이며, 적들에 대하여 전혀
모를 정도로 모든 감각이 죽었지요.
그런데 검은 안개로 가득한 것 같은
내 두 눈에 빛이 돌아왔을 때, 마치
밤인 것 같았고 희미한 시선 앞에
조그맣게 흔들리는 불꽃이 보였어요.

나에게는 사물을 바로 알아볼 만큼					26
충분한 힘이 남아 있지는 않았지만,
비몽사몽 사이에서 눈은 그 꺼졌다
다시 켜졌다 하는 불빛을 보았어요.
그리고 잔인한 상처의 고통은 이제
더욱 강하게 괴롭히기 시작했으니,
허허벌판에서 밤의 공기와 맨땅의
냉기가 고통스럽게 했기 때문이지요.

그러는 동안 불빛은 점점 다가왔고					27
그와 함께 속삭이는 소리도 들렸고,
나에게 이르러 바로 곁에 앉았어요.
나는 힘들지만 연약한 눈을 떴는데,
기다란 망토에 횃불을 든 두 사람이
보였고, 그들이 말했어요. '아들이여,

경건한 자를 돕고 은총으로 사람들의
기도를 들어주시는 주님을 믿으시오.'

그렇게 말한 다음 내 몸 위로 손을   28
뻗어 축복을 내려주었고, 경건하고
평온한 목소리로 나에게 속삭였는데,
전혀 들어본 적이 없는 목소리였어요.
'일어나요.' 나는 가볍고도 건강하게
일어났으며, (오, 놀라운 기적이여!)
적의 부상을 못 느꼈고, 팔다리에
새로운 활력이 가득한 것 같았어요.

나는 깜짝 놀라 바라보았고, 놀란   29
마음에 확실한 것을 믿지 못하니까,
한 사람이 말했어요. '믿음이 없군요.
무엇을 의심하고, 무슨 생각을 하오?
우리에게 보이는 것은 진짜 몸이오.
우리는 유혹의 세상과 거짓 달콤함을
피하여 달아난 예수님의 종들로서
여기 험하고 외진 곳에 살고 있소.

모든 곳을 통치하는 주님께서 나를   30
그대를 구하는 임무에 선택하셨지요.
그분은 평범한 매개자를 통해 기적을

행하는 걸 경멸하시지 않기 때문이고,
가치 있는 영혼이 살았던 저 육체,
나중에 빛나고 가볍고 불멸이 되어
그 영혼과 다시 만나야 하는[10] 육체가
방치되는 걸 원치 않으셨기 때문이오.

바로 스베노의 육체를 말하는 것이니   31
많은 가치에 합당하게 무덤을 만들어
후세의 사람들이 손으로 가리키면서
명예롭게 기억하도록 만들어야 하오.
그러니 이제 별들을 향해 눈을 들어
태양처럼 찬란히 빛나는 저 별을 보오.
저 별이 생생한 빛으로 고귀한 주인의
육체가 있는 곳으로 안내해줄 것이오.

그러자 멋진 별,[11] 아니 밤의 태양에서   32
한 줄기 빛이 내려오더니 마치 붓으로
황금빛 직선을 긋듯이 위대한 육체가
누워 있는 곳을 똑바로 비춰주었고,
그 위로 얼마나 강하게 비추었는지
모든 상처가 눈부시게 빛날 정도였고,

---

10 최후의 심판 때 모든 육신이 부활하여 영혼과 다시 결합하는 것을 의미한다.
11 원문에는 face, 즉 "횃불"로 되어 있다.

끔찍하게 피로 뒤범벅이 된 곳에서
나는 곧바로 알아볼 수 있었답니다.

반듯하게 누워 있었고 마치 언제나   33
자기 욕망을 별들에게 지향하듯이,
위를 바라보는 사람 같은 모습으로
얼굴을 똑바로 하늘로 향하였어요.
오른손은 아직 검을 움켜잡은 채
마치 공격을 하려는 것처럼 보였고,
왼손은 하느님께 용서를 구하듯이
경건하게 가슴 위에 놓여 있었어요.

내가 눈물로 그분의 상처를 씻어도   34
마음의 고통을 달래지 못하는 동안,
나이든 성인은 그분 오른손을 펴고
쥐고 있던 검을 꺼내면서 말했지요.
'이 검은 오늘 수많은 적들의 피를
뿌렸고 아직도 빨갛게 젖어 있는데,
당신이 알다시피 완벽하고, 이보다
더 훌륭한 검은 아마 없을 것이오.

그래서 하늘에서도 원하시니 쓰라린   35
죽음이 첫 주인에게서 떼어놓았어도,
여기에서 하릴없이 남아 있지 않고

똑같은 힘과 기술로 더욱 오랫동안
행복한 결과와 함께 사용할 수 있는
대담하고 강한 다른 손으로 넘어가,
이 검에게 당연히 기대하는 것처럼
스베노를 죽인 자를 복수해야 하오.

솔리마노가 스베노를 죽였으니 바로   36
이 검으로 솔리마노는 죽어야 하지요.
그러니 받아요. 그리스도인들이 높은
성벽 주위에 세운 진영으로 가시오.
이방인 마을에서 또다시 당신 길이
막히지 않을까 두려워하지 말아요.
당신을 보내는 그분¹²의 높은 오른손이
힘든 길을 쉽게 만들어주실 테니까.

그분께서 원하시는 것은, 당신 안에   37
생생히 간직한 그 목소리¹³에서 당신이
사랑하는 주인에게서 보았던 연민과
무훈, 대담한 용기가 명백히 드러나,
그 고귀한 예를 보고 다른 사람들이

---

12 하느님.
13 카를로 자신이 전하는 이야기를 가리킨다.

붉은 십자가를 위하여 무기를 들고,[14]
지금과 수많은 세월이 흐른 뒤에도
고귀한 영혼들이 불타오르는 것이오.

또한 이 검의 상속인이 되어야 하는   38
사람이 누구인지 당신은 알아야 하오.
뛰어난 용기에 있어 모두를 능가하는
젊은이 리날도가 바로 그 사람이라오.
그에게 검을 주고, 하늘과 온 세상이
오직 그에게 복수를 원한다고 말해요.'
그의 말을 주의 깊게 듣고 있으면서
나는 새로운 기적을 보게 되었지요.

주인님의 시신이 누워 있는 곳에서   39
갑자기 커다란 무덤이 솟아올랐는데
어떤 기술로 솟았는지는 모르겠지만
솟아오르면서 시신을 그 안에 감쌌고,
또한 거기에다 간략한 글귀로 죽은
기사의 이름과 무훈을 새겼습니다.
나는 거기에서 시선을 떼지 못하고
대리석과 비문을 번갈아 보았지요.

---

14 십자군에 참가하는 것을 의미한다. "붉은 십자가"는 십자군의 상징이다.

노인이 말했어요. '당신 주인의 시신은   40
여기 충실한 친구들 옆에 있을 것이고,
그동안 영혼들은 천국에서 행복하게
영원하고 영광스런 선을 즐길 것이오.
당신은 당신 눈물로 그들에게 마지막
예의를 해주었으니 이제 쉴 시간이오.
아침에 길을 떠나게 새로운 햇살이
깨울 때까지 당신은 내 손님이라오.'

그리고 높은 곳과 낮은 곳을 지나서   41
아주 힘들게 나를 인도해 데려갔고,
마침내 우리는 험준한 절벽 사이에
텅 빈 동굴이 있는 곳에 이르렀지요.
그곳이 거처였고, 곰과 늑대 사이의
그곳에 제자와 함께 살고 있었으니,
헐벗은 가슴에 성스러운 순수함이
갑옷과 방패보다 좋은 보호였지요.

거기서 거친 음식과 딱딱한 침대가   42
내 육신에 영양과 휴식을 주었어요.
그리고 동쪽 하늘에 황금빛의 붉은
햇살이 비치는 것을 깨닫자 곧바로
두 은둔 수도사들은 기도하기 위해
일어났고 나도 함께 일어났습니다.

그리고 나는 늙은 성인과 작별했고
그분이 말해준 이곳으로 향하였지요."

여기에서 침묵했고 경건한 고프레도는   43
대답했다. "오, 기사여, 당신은 힘들고
고통스런 소식을 진영에 가져왔으니,
혼란해지고 슬퍼지는 것은 당연해요.
그렇게 다정하고 용감하던 사람들이
순식간에 죽었고 땅속으로 묻혔으며,
또한 마치 번개처럼 당신의 주인이
순식간에 나타나고 사라졌으니까요.[15]

하지만 어때요? 그런 죽음과 학살은   44
황금과 나라를 얻는 것보다 행복하고,
옛날 캄피돌리오[16]도 그렇게 영광스러운
승리의 예를 보여줄 수 없을 겁니다.
그들은 천국의 눈부신 성전 안에서
불멸의 승리의 왕관을 쓰고 있으며,
거기에서 모두들 멋진 자기 상처를
보여주면서 즐거워한다고 믿습니다.

---

15 인생의 허무함을 의미한다.
16 Campidoglio. 로마의 일곱 언덕 중 하나로 라틴어 이름은 카피톨리누스Capitolinus 언덕
　　이다. 고대 로마 시대에 이곳에 유피테르를 비롯한 주요 신전이 있었으며, 전쟁에서 승리
　　한 장군을 위한 개선식이 이곳에서 거행되었다.

하지만 세상의 싸움 속에서 노고들과   45
위험 앞에 아직도 남아 있는 당신은
그들의 승리에 기뻐해야 하고 이제
행복하게 눈을 들어야 할 것입니다.
그리고 베르톨도의 아들[17]을 찾는데
그는 진영 밖에서 방황하고 있으니,
확실한 소식을 듣기 전에 불확실한
길을 떠나는 것은 좋지 않을 것이오.”

이런 대화는 다른 사람들의 마음에   46
리날도에 대한 사랑을 불러 일깨웠고
이렇게 말하기도 했다. “아! 젊은이가
지금 이교도들 사이에서 떠도는구나.”
그리고 모두들 그의 위대한 업적을
덴마크 기사[18]에게 말하면서 회상했고,
위대한 업적들의 기나긴 이야기가
놀라움과 함께 기사 앞에 펼쳐졌다.

그런데 리날도에 대한 기억이 모두의   47
마음을 부드럽게 녹여주었을 무렵
관례적으로 그랬듯이 약탈하기 위해[19]

17 리날도.
18 스베노 왕자의 기사 카를로.

주변에 나갔던 병사들이 돌아왔다.
그들은 양들과 소들의 많은 무리를
풍부하게 약탈하여 데리고 왔으며
많지는 않았지만 굶주린 말들에게
먹일 사료와 건초도 가지고 왔다.

그리고 고통스럽고 힘겨운 불행의   48
곁으로는 확실한 증거도 가져왔으니,
훌륭한 리날도의 피에 젖은 겉옷과
사방이 찢어진 갑옷이었던 것이다.
바로 여러 불확실한 소문이 퍼졌고,
(누가 그것을 감출 수 있었겠는가?)
괴로운 군중은 리날도와 갑옷에 대한
소식으로 달려가 직접 보려고 했다.

병사들은 그 커다란 갑옷의 엄청난   49
크기와 광채를 보고 잘 알아보았고,
깃털을 덜 믿고 새끼들을 태양 앞에
단련시키는 새[20]를 갑옷에서 보았으니,
위대한 임무에서 맨 앞에 있을 때나

---

19 식량을 확보하기 위한 약탈이다.
20 독수리를 가리킨다. 독수리는 데스테 가문의 문장에 들어 있다. 고대부터 독수리는 태양을
    맨눈으로 바라볼 수 있으며 그것으로 자기 새끼를 알아본다고 믿었다.

단독으로 입고 있던 것을 보았는데,
부서지고 피에 젖어 누워 있는 것을
보고 커다란 연민과 분노에 젖었다.

진영이 웅성거리면서 리날도가 죽은   50
이유에 대해 다양하게 추측하는 동안
경건한 고프레도는, 약탈물을 가져온
부대의 지휘관이자 마음이 자유롭고
아주 솔직하고 진실하게 이야기하는
알리프란도[21]를 가까이 불러서 물었다.
"이 갑옷을 어디서 어떻게 가져왔는지
좋든 나쁘든 전혀 숨김없이 말해라."

그는 대답하였다. "여기에서 전령이   51
이틀 동안 갈 만큼 멀리 떨어진 곳에
가자 경계선 쪽에 언덕들 사이의 작은
평원이 길에서 약간 벗어나 있는데,
그곳 높은 곳에서 솟는 샘물이 작은
개울로 초목 사이로 천천히 흐르고,
나무와 덤불이 빽빽이 그늘진 곳에
매복하기에 좋은 장소가 있습니다.

---

21 Aliprando. 타소가 창작해낸 인물이다.

그곳의 풀이 많은 기슭에서 우리는   52
목초지에 온 가축을 찾고 있었는데,
풀밭에서 개울가에 피에 젖어 죽은
어느 기사가 누워 있는 걸 보았지요.
비록 더러웠지만 그 갑옷과 문장을
알아보았기에 모두들 동요되었지요.
얼굴을 보려고 제가 가까이 갔는데
머리가 잘려 없어진 것을 발견했어요.

오른팔도 없었으며 커다란 가슴에는   53
등 뒤에서 가슴까지 상처가 많았고,
멀지 않은 곳에 새하얀 날개를 펼친
독수리와 함께 텅 빈 투구가 있었어요.
제가 질문할 만한 사람을 찾는 동안
어느 농부가 혼자 그곳에 왔었는데,
우리가 있는 것을 보자마자 곧바로
발걸음을 돌려 달아나려고 했지요.

하지만 쫓아가서 붙잡았고 우리가   54
질문하자 마침내 대답했는데, 전날
숲속에서 많은 기사가 나오는 것을
발견하고 몸을 숨겼다고 했습니다.
기사들 중에 한 명이 잘린 머리의
피 묻은 금발을 잡아 들고 있었고,

주의 깊게 보니 턱에 수염이 없는
젊은 남자처럼 보였다는 것입니다.

잠시 후 기사는 머리를 비단 천에   55
싸서 안장에 매달았다고 하더군요.
그리고 옷차림을 보니 우리 부대의
기사들처럼 보였다고 덧붙였습니다.
저는 갑옷을 벗기게 했고, 의혹[22]에
싸여 쓰라리게 괴로워하며 울었고,
갑옷을 가져오면서 명예에 합당한
매장의 임무를 남겨두고 왔습니다.[23]

하지만 그 고귀한 육신은 화려하고   56
멋진 무덤이 합당하다고 믿습니다."
그렇게 말했고 더 이상 확실한 것이
없었으므로 알리프란도는 물러났다.
고프레도는 괴롭게 한숨을 쉬었지만
슬픔 생각에만 머물러 있지 않았고,
더 확실한 증거로 머리 없는 몸과
그 부당한 살인을 확인하고 싶었다.

22 그리스도인 기사들이 리날도를 죽였을 것이라는 의혹이다.
23 서둘러서 간략하게 매장했다는 뜻이다.

그러는 동안에 밤이 되었고 방대한   57
진영의 하늘을 날개로 뒤덮었으며,
잠은 영혼의 휴식, 노고의 망각으로
감각들과 걱정을 달래며 잠재웠다.
아르질라노,[24] 그대 혼자만이 고통의
예리한 화살에 여러 생각을 하면서
동요된 가슴이나 눈으로 부드러운
잠과 평온함을 찾지 못하고 있구나.

손이 매우 재빠르고 혀는 대담하며   58
천성이 불타는 것처럼 격렬한 그는
트론토[25] 강가에서 태어났고, 도시의
내부 싸움에 증오와 경멸을 쌓았고,
추방된 다음에는 주변 언덕과 기슭,
도시를 약탈하고 피로 물들이다가
마침내 보다 나은 명성을 위하여
아시아로 싸우러 오게 된 것이다.

새벽녘에야 마침내 눈을 감았지만   59
달콤하고 편안한 잠은 아니었으며,

---

24 Argillano. 역사적 문헌에 나오지 않는 가공의 인물이다.
25 Tronto. 이탈리아 중부에서 발원하여 동쪽 아드리아 해로 흘러 들어가는 강으로 아스콜리
    피체노Ascoli Piceno를 가로질러 흐른다. 아르질라노의 고향으로 설정된 아스콜리피체노
    는 중세에 내부 싸움으로 유명하였다.

알렉토가 죽음 못지않게 심각하고
강한 혼미함을 가슴속에 주입했다.
그의 상상력은 기만에 사로잡혔고
잠을 자면서도 평온함은 없었으니,
끔찍한 알렉토가 무서운 모습으로
나타나 그를 놀라게 했기 때문이다.

머리와 오른팔이 잘려나가 없어진   60
커다란 몸통을 그에게 보여주었고,
왼손에는 피로 더러워지고 납빛처럼
창백한 잘린 머리를 쳐들고 있었다.
죽은 얼굴은 숨을 쉬면서 말하였고
말과 함께 피와 흐느낌이 나왔다.
"달아나, 아르질라노. 빛이 보이나?
치욕적인 진영과 악한 대장을 떠나.

친구들이여, 나를 죽인 기만과 잔인한   61
고프레도에게서 누가 너희를 보호해?
사악한 그는 온통 원한에 사로잡혀
단지 너희를 나처럼 죽일 생각뿐이야.
만약 너의 그 손으로 고귀한 칭찬을
원하고 그 역량을 충분히 믿는다면
달아나지 마라. 폭군을 죽인 다음
사악한 피로 내 영혼을 위로해다오.

내가 그림자로 너와 함께하며 검과   62
분노로 오른손과 가슴을 무장하리라."
그런 분노로 가득한 이상한 영혼은
말했고, 또한 말하면서 숨을 쉬었다.
그는 잠에서 깼고 당황하여 분노와
악의로 부푼 눈을 사방으로 돌렸고,
무장을 하고 부적절하게 서두르며
이탈리아 기사들을 한데 소집했다.

훌륭한 리날도의 갑옷이 걸려 있던   63
곳으로 소집하였고 오만한 목소리로
가슴속에 솟아나는 분노와 울분을
이러한 말로 드러내고 폭발시켰다.
"그러니까 이성도 모르고 신뢰성도
모르며, 피와 황금에 전혀 만족하지
못하는 야만적이고 전횡적인 백성²⁶이
우리에게 재갈과 멍에를 씌웠나요?

그 부당하고 무거운 짐을 우리는   64
벌써 칠 년이나 짊어지고 있으니,
지금부터 백 년 동안 이탈리아와
로마가 모욕과 경멸에 불탈 것이오.

26 고프레도가 이끄는 프랑스인들을 가리킨다.

훌륭한 탄크레디가 자신의 무훈과
능력으로 킬리키아를 점령했는데,
지금 프랑스인[27]이 속임수로 위업의
보상들을 가로채 즐기고 있습니다.

재빠른 손과 확고한 생각,[28] 대담한   65
용기가 필요한 곳에는 거의 언제나
우리들 중 누군가가 맨 먼저 수많은
죽음 사이에 검과 횃불을 가져가는데,
나중에 여유롭고 평화롭게 승리와
전리품들을 나누고 분배할 때에는
우리 몫은 없고 모든 승리와 명예와
땅과 황금은 온통 그들이 차지하오.

예전에는 아마 그런 모욕들이 매우   66
심각하고 이상하게 보였을 것인데,
지금은 다른 더 끔찍하고 엄청난
잔인함 때문에 가볍게 보이는군요.
리날도를 죽였고, 인간의 법칙으로
높은 신성한 법칙까지 모욕했지요.

---

27 발도비노를 가리킨다. 탄크레디가 점령한 타르수스를 발도비노가 가로챈 것에 대해서는
     제5곡 48연 참조.
28 뛰어난 군사적 역량과 전략을 가리킨다.

하늘은 번개를 치지 않는가요? 땅은
영원한 어둠으로 삼키지 않는가요?

우리 믿음의 검이자 방패 리날도가   67
죽었고 복수도 없이 누워 있습니까?
찢어진 채 묻히지도 못하고 맨땅에
복수도 하지 않은 채 누워 있지요.
누가 잔인한 자인지 묻고 알았나요?
동지들, 누구에게 감출 수 있나요?
오! 고프레도와 발도비노가 라틴[29]의
가치에 얼마나 질투를 가져왔는지!

그런데 왜 떠들지? 우리 말을 듣고   68
속일 수 없는 하늘에게 맹세하건대,
어두운 세상이 밝아질 무렵에[30] 나는
방황하는 불행한 영혼을 보았습니다.
세상에, 얼마나 잔인한 광경이었는지!
고프레도의 기만이 무얼 예고하는지!
꿈이 아니라 보았고, 어디를 보아도
내 눈앞에서 배회하는 것 같았다오.

29 여기에서는 이탈리아를 가리킨다.
30 그러니까 새벽에.

이제 우리는 어떻게 할까요? 부당한 　　　　　　　　69
죽음으로 아직도 더러운 손이 계속
통치해야 하나요? 아니면 거기에서
멀리 떠나 유프라테스 강이 넘치고,
우리와 싸울 줄 모르는 사람들에게
많은 도시와 마을을 부양하는 곳으로
가야 할까요? 우리 땅이 되겠지만,
프랑스인들과 나누고 싶지 않습니다.

갑시다. 차갑게 시드는 역량이 지금 　　　　　　　70
여러분에게 당연하게 불탄다고 해도,
옳다고 생각한다면, 탁월하고 순수한
피가 복수 없이 남아 있게 놔두세요.
이탈리아 사람들의 영광이자 꽃[31]을
잡아먹은 사악한 독사 같은 사람은
그 죽음과 학살로 다른 괴물들[32]에게
기억할 만한 예를 보여줄 것입니다.

나로서는 여러분의 고귀한 용기가 　　　　　　　71
가능한 만큼 대담해지기 원한다면,
오늘 이 손으로 사악한 가슴속에,

31　리날도.
32　프랑스인들.

배신의 소굴에 형벌을 가하고 싶소."
흥분한 그는 그렇게 말했고 자신의
분노와 충동으로 모두를 이끌었다.
"무기! 무기!" 광분한 그는 외쳤고,
젊은 병사들도 외쳤다. "무기! 무기!"

그 사이에 알렉토는 손을 휘두르며   72
불과 독약을 가슴속에다 뒤섞었다.
경멸과 광기, 피를 원하는 사악한
갈증이 점점 더 커지며 난폭해졌고,
그 전염병은 뱀처럼 널리 퍼졌으니,
이탈리아 숙소에서 밖으로 나갔고
스위스인들 사이로 들어가 불탔고
거기에서 영국인들 천막으로 갔다.

고통스런 사건과 공적인 큰 피해가   73
이방인들을 동요시켰을 뿐만 아니라
옛날 사건들도 함께 새로운 분노에
빌미를 제공하고 동시에 부추겼다.
잠잠하던 모든 분노가 되살아났고
프랑스인들을 사악한 폭군이라 했고
이제는 갇혀 있을 수 없는 증오가
오만한 위협으로 확산되어 나갔다.

마치 과도한 불에 냄비에서 끓는   74
액체가 부글거리며 김을 내뿜다가
안에 머물 수 없자 냄비 가장자리로
넘치면서 거품을 내는 것 같았다.
진실이 마음을 비추는 소수 사람이
어리석은 군중을 억제하지 못했고,
탄크레디, 카밀로, 굴리엘모,[33] 다른
주요 지휘관들은 멀리 나가 있었다.

난폭해진 군중은 벌써 혼란스럽게   75
무기로 서둘러서 달려가고 있었고,
선동적인 나팔들이 끔찍한 소리로
부르는 전쟁의 노래들이 들려왔다.
그동안 빠른 전령들이 여기저기서
고프레도에게 무장하라고 외쳤고,
무장한 발도비노는 누구보다 먼저
나타났으며 고프레도의 옆에 섰다.

고프레도는 비난을 듣고 언제나처럼   76
하늘을 바라보며 하느님께 기도했다.
"주님, 저의 손이 같은 시민의 피를

---

33 탄크레디는 이탈리아 지휘관이고, 카밀로(제1곡 64연 참조)는 스위스 지휘관이고, 굴리엘
모(제1곡 32연 참조)는 영국 지휘관이다.

얼마나 싫어하는지 잘 알고 계시니,
이들에게서 마음의 베일을 찢으시고
이렇게 지나친 분노를 눌러주시고,
저 위에서 잘 아시는 제 순수함이
눈먼 세상에도 드러나게 해주소서."

그리고 하늘에서 내려온 이례적인   77
열기가 혈관에 흐르는 것을 느꼈다.
높은 용기와 대담한 희망이 넘쳐서
얼굴로 퍼지고 더욱 대담해졌으며
동료들에 둘러싸여, 리날도의 복수를
한다고 믿는 자를 향하여 나아갔고
온 사방에서 무기와 위협의 소음을
들으면서도 걸음을 늦추지 않았다.

갑옷을 입었고 그의 고귀한 의상은   78
여느 때보다 화려하게 장식되었다.
손과 얼굴을 드러냈고, 얼굴에서는
하늘의 장엄함이 뚜렷하게 빛났고,
황금 홀을 흔들었고, 그 무기만으로
그들의 충동을 잠재우리라 믿었다.
그렇게 그들 앞에 나타났고 인간의
목소리가 아닌 듯한 소리로 말했다.

"이게 무슨 어리석은 위협이며 헛된   79
무기의 소음인가? 누가 충동했는가?
그 기나긴 시련 뒤에 내가 어떻게
존경받고 어떤 식으로 알려졌기에,
고프레도를 의심하고, 속임수 혐의로
비난하고, 또 고발하는 자가 있는가?
내가 너희들에게 굽히고, 증거들을
제시하고 부탁할 것으로 기대하는가?

아, 내 이름으로 가득한 땅이 그런   80
모욕을 듣는 것이 사실이 아니기를!
나는 이 홀로, 영광스러운 내 위업의
기억으로 진실을 지키도록 할 테니,
이번에는 정의가 연민에 양보하고
죄인들에게 형벌이 내리지 않으리라.[34]
다른 업적으로 이 실수를 용서하고
너희들의 리날도도 용서할 것이다.

많은 죄를 지은 아르질라노만 자기   81
피로 모두의 결점을 씻어낼 것이니,
사소한 의혹에 흔들려 다른 사람을
똑같은 오류 속으로 몰아넣었도다."

34 이번에는 연민으로 용서해줄 것이라는 뜻이다.

그가 말하는 동안 위엄 있는 풍채에
장엄함과 영광의 번개가 번쩍였고,
놀라고 압도된 아르질라노는 (누가
믿었겠는가?) 분노를 두려워하였다.

조금 전 불경스럽고 대담하던 민중은   82
교만과 수치심에 떨리는 것을 느꼈고,
분노에 이끌려서 검과 창과 횃불에
그렇게 재빠르게 손을 댔는데, 이제
그 당당한 말을 듣고 말없이 두려움과
수치심에 감히 얼굴을 들지 못했고,
그들의 무기에 둘러싸인 아르질라노가
수비대에 체포되는 것을 받아들였다.

마치 사자가 으르렁거리며 사납고   83
오만하게 무서운 갈기를 흔들다가
조련사를 보자마자 오만한 마음의
천성적인 사나움이 수그러지면서,
멍에의 치욕적인 무게를 감내하고
위협과 강력한 명령을 두려워하며
그 자체로 강한 커다란 갈기, 이빨,
발톱이 오만해지지 않는 것 같았다.

소문에 의하면 무서운 얼굴에 강하고   84

위협적인 태도의 날개 달린 기사[35]가
경건한 고프레도를 보호하는 방패를
앞에서 들고 있었으며, 아마 천국의
분노를 유발한 도시들이나 왕국들의
피로 짐작되는 피가 아직 떨어지는
검을 들고 마치 번개처럼 번득이며
휘두르는 모습을 보았다고 말한다.

그렇게 소동은 잠잠해졌고 모두들   85
무기와 사악한 마음을 내려놓았고,
고프레도는 자기 천막으로 돌아갔고
여러 가지 일과 임무에 몰두했으니,
이틀이나 사흘이 지나기 전에 그는
예루살렘을 공격하기로 결정하였고,
크고 무거운 나무 서까래들이 벌써
공성기로 조립된 것을 보러 갔다.

35 천사.

제9곡

악마의 부추김을 받은 솔리마노의 부대는 그리스도 진영을 기습 공격하여 엄청난 살육을 벌이고, 클로린다와 아르간테도 공격에 가담하고, 거기에다 지옥의 악마들도 가세한다. 수세에 몰려 있던 그리스도 진영은 고프레도의 활약과 대천사 미카엘의 개입으로 반격에 나서고, 아르미다에게 잡혀 있던 기사 오십 명이 도착하여 전세를 역전시킨다.

하지만 혼란하던 무리가 잠잠해지고   1
분노가 꺼진 것을 본 지옥의 괴물[1]은
운명과 커다란 율법과 충돌하거나
불변의 마음[2]을 돌릴 수는 없었기에
떠났는데, 지나가는 곳에는 들판이
시들고 갑자기 태양이 창백해졌으며,
다른 분노와 다른 악을 조장하였고
새로운 임무에 날갯짓을 서둘렀다.

그녀는 자기 동료들의 노력 덕택에   2
베르톨도의 아들[3]과 탄크레디, 다른

---

1   알렉토.
2   신성한 의지를 가리킨다. 그러니까 악마들도 하느님의 율법이나 의지에 대항할 수 없고,
    그 안에서 제한된 일만 도모할 수 있다는 뜻이다.
3   리날도.

강력하고 놀라운 기사들이 그리스도
진영에서 멀리 있다는 것을 알았기에
말했다. "무엇을 기다려. 솔리마노가
예상치 않게 와서 전쟁을 하도록 해.
내가 원하듯이 그는 분명 불화에다
세력이 약해진 진영[4]을 이길 것이야."

그리고 솔리마노가 떠돌이 부대[5]의   3
지도자가 되어 머무는 곳으로 갔다.
하느님께 반역한 많은 자들 중에서
솔리마노보다 광폭한 자는 없었고,
대지가 새로운 모욕으로 거인들[6]을
다시 낳는다고 해도 없을 것이다.
그는 전에 투르크인들의 왕이었고
니카이아가 그의 통치에 중심지였고,

사카리아에서 멘데레스[7]까지 그리스   4
해안까지 경계선이 확장되어 있었고,
거기에는 미시아, 프리기아, 리디아,

---

4 일부 뛰어난 기사들이 멀리 나가 있는 그리스도 진영을 가리킨다.
5 유랑하는 아랍인들의 부대(제6곡 10연 참조).
6 대지의 여신 가이아가 낳은 거인들, 즉 기간테스를 가리킨다.
7 사카리아Sakarya(그리스어 이름은 산가리오스Σαγγάριος) 강은 터키 중북부에서 흑해로
   흘러드는 강이며, 멘데레스(현대의 이름은 뷔위크멘데레스Büyük Menderes, 그리스어 이
   름은 마이안드로스Μαίανδρος) 강은 터키 남서쪽에서 에게 해로 흘러드는 강이다.

폰토스, 비티니아[8] 사람들이 살았지만,
투르크인들과 다른 이교도에 대항해
이방인 부대[9]가 아시아로 지나간 뒤로
그의 땅은 빼앗겼고 그는 두 번이나
대규모 전투에서 패배하였던 것이다.

하지만 다시 헛되이 운명을 시험하고   5
강제로 고향 땅에서 쫓겨난 뒤로는
그에게 친절하고 너그러운 주인인
이집트 왕의 궁정에 머물렀고, 왕은
환대했으니, 그렇게 강력한 기사가
중요한 임무에 동료로 자원하였고,
벌써 그리스도 기사들의 팔레스티나
점령을 막겠다고 제안했기 때문이다.

그렇지만 정해진 전쟁을 공개적으로   6
그리스도인들에게 선포하기 전에 왕은
그런 용도로 많은 금을 준 솔리마노가
아랍인들을 모집해주기를 원하였다.
왕이 아시아와 아프리카 북부[10]에서

---

8 미시아Μυσία는 아나톨리아 북서부의 지역으로 그 남쪽은 리디아Λυδία, 동쪽은 프리기아
Φρυγία, 북동쪽은 비티니아Βιθυνία, 북쪽의 흑해 연안은 폰토스Πόντος였다.
9 십자군.
10 원문에는 paese moro, 즉 "무어인들의 고장"으로 되어 있다.

군대를 모으는 동안 솔리마노가 왔고
언제나 도둑이거나, 아니면 용병인
탐욕스런 아랍인들을 쉽게 모았다.

그렇게 그들의 대장이 되어 유대와   7
주변 지역을 약탈하고 강탈했으며,
따라서 프랑스 부대에서 해안까지
가거나 돌아오는 길이 가로막혔다.
언제나 옛날의 모욕과 자기 왕국의
엄청난 파멸을 기억하는 그는 불타는
가슴속에서 더 큰 일을 도모했지만,
완전히 확신하거나 결정하지 못했다.

그에게로 알렉토가 갔는데, 그녀는   8
나이가 많은 남자의 모습을 취했고,
핏기가 없고 얼굴에 주름살이 많고
입술에 수염이 있지만 턱에는 없고
기다란 천으로 머리를 두른 모습에[11]
옷은 무릎을 지나서 발까지 닿았고,
허리에는 언월도를 차고, 화살통을
등에 메고, 손에 활을 들고 있었다.

11 이슬람 신자들 특유의 터번을 둘렀다는 뜻이다.

그녀는 "우리는 지금 텅 빈 해변과   9
삭막하고 황량한 모래밭에 있어요.
약탈을 할 수도 없고 칭찬을 받을
승리를 거둘 수도 없는 곳입니다.
그동안 고프레도는 도시[12]를 흔들고
공성기로 벌써 성벽을 뚫고 있으며,
만약 조금 더 지체하면 여기에서도
이제 파괴와 불꽃이 보일 것입니다.

그러니까 파괴된 움막과 양과 소가   10
솔리마노의 전리품이라는 말입니까?
그렇게 왕국을 되찾을까요? 그렇게
모욕과 피해에 복수한다고 믿어요?
대담해져요. 밤에 야만적인 폭군을
그의 방벽 안에서 짓눌러버리세요.
왕국에서나 망명에서 좋은 충고를
입증한 이 늙은 아라스페[13]를 믿어요.

그는 우리를 기다리거나 겁내지 않고   11
갑옷도 없고 소심한 아랍인을 경멸하고,

12 예루살렘.
13 Araspe. 솔리마노의 충고자로 여기에서만 언급된다. 제17곡 15연에 나오는 이집트 부대의
    지휘관 아라스페와 구별해야 한다.

약탈과 도주에 익숙한 자들이 그렇게
대담할 것이라고 믿지 않을 것이오.
무방비로 누워 쉬는 진영에 대항해
당신의 용기로 용감하게 만들어요."
그렇게 말하며 불타는 분노를 그의
가슴에 넣고 바람 속으로 사라졌다.

솔리마노는 손을 하늘로 들고 외쳤다.　　　　　　　　12
"내 가슴에 분노를 불어넣는 분이시여,
(인간의 모습으로 나타났지만, 인간이
아니군요.) 이끄는 대로 따르겠습니다.
내가 가서 지금 평평한 곳을 산으로,
죽고 부상한 자들의 산으로 만들고
피의 강을 만들겠소. 당신이 이끌어
어둠 속에 내 무기를 안내해주소서."

그리고 지체하지 않고 부대를 모았고　　　　　　　　13
소심하거나 느린 자를 말로 독려했고,
자기 욕망의 열기만으로 모든 부대를
불태우며 자신을 따르도록 이끌었다.
알렉토는 나팔로 신호를 했고 자신의
손으로 커다란 깃발을 바람에 펼쳤다.
부대는 얼마나 빠르게 행군하였는지
소문보다도 빠르게 날아갈 정도였다.

알렉토는 그와 함께 가다가 떠났는데,　　　　　　　14
소식을 전하는 사람[14]의 옷과 얼굴을
입었으며, 온 세상이 밤과 낮 사이에
어중간하게 나뉘어 남아 있을 무렵에
예루살렘으로 들어갔고, 슬픈 군중들
사이를 지나, 왕에게 대규모 군대가
온다는 중요한 소식과 야간 공격의
계획과 시간과 신호를 알려주었다.

어둠은 벌써 무서운 베일을 펼쳤고,　　　　　　　15
대기는 붉게 물들면서 퍼져 나갔고,
대지는 밤의 차가운 이슬이 아니라
미지근한 핏빛의 이슬로 젖었으며,
하늘은 기이함과 괴물들로 가득했고,
악한 유령들이 떠도는 소리가 들렸고,
사탄[15]은 지옥의 심연을 비우고 지하
동굴들의 모든 어둠을 쏟아부었다.

그렇게 무서운 어둠 속으로 잔인한　　　　　　　16
솔리마노는 적의 진영을 향해 갔고,
밤이 자기 흐름의 중간[16]을 향하여

14　전령.
15　원문에는 "플루톤"으로 되어 있다. (제2곡 1연 역주 참조)

올라갔다가 빠르게 기울어질 무렵
프랑스인들이 편안히 쉬는 곳에서,
일 마일도 되지 않는 곳에 이르렀다.
여기에서 병사들에게 음식을 먹였고
잔인한 공격에 대해 위로하며 말했다.

"저기 저 훔친 전리품으로 가득하고   17
강하기보다 유명한 진영이 보이는가?
마치 바다처럼 탐욕스런 가슴속에다
아시아 전역의 재물들을 집어삼켰다.
위험이 조금 없지 않겠지만, 저것을
너그러운 운명이 너희에게 제공하니,
보라색 천과 황금 장식 말과 갑옷은
무방비로 너희들의 전리품이 되리라.

저것은 페르시아와 니카이아 백성을   18
패배시킨 군대의 것도 이제 아니니,
그렇게 길고도 다양한 전쟁 동안에
그중의 대부분이 죽었기 때문이며,
아직 온전하게 남아 있더라도 모두
무장하지 않고 깊은 잠에 빠져 있다.
잠에 빠진 자들을 재빨리 제압하자.

16 자정.

잠에서 죽음까지는 가까운 사이니까.

자, 가자. 방벽 안에서 힘없이 누운   19
육체들 위로 내가 앞장서 길을 열고,
모든 검이 이 손에서 잔인한 기술을
사용하는 방법을 배울 것이다. 오늘
그리스도 왕국이 무너지고, 아시아가
해방되고, 너희들은 유명해질 것이다."
그렇게 임박한 전투에 불을 붙였고
이어서 말없이 앞으로 진격시켰다.

가다가 그는 희미한 불빛과 뒤섞인   20
그림자를 통해 보초들을 발견했지만,
확실하게 믿고 있었던 것처럼 현명한
대장을 갑작스레 발견하지는 못했다.
대규모 군대를 끌고 오는 것을 보고
보초들은 몸을 돌려 경보를 외쳤고,
그 소리에 처음의 부대가 깨어났고
가능한 한 서둘러 싸울 준비를 했다.

그러자 아랍인들은 이제 발각된 것을   21
확신하였고 야만적인 나팔을 불었다.
끔찍한 비명이 하늘로 날았고, 말의
발굽 소리와 울음소리가 뒤섞였다.

높은 산이 울리고 계곡이 울렸으며,
그런 울림소리에 심연이 응답했고,
알렉토는 플레게톤[17]의 횃불을 들었고
산에 있는 자들에게 신호를 하였다.

솔리마노[18]는 맨 앞에 달렸고, 아직은   22
혼란하고 무질서한 부대에 이르렀고,
산의 동굴[19]에서 나오는 무서운 폭풍이
느리게 보일 정도로 빠르게 달렸다.
집과 나무들을 함께 휩쓸어가는 강,
탑들을 무너뜨리고 불태우는 번개,
온 세상을 공포로 몰아넣는 지진도
그의 분노에 비한다면 작아 보였다.

검은 내려올 때마다 충분히 맞췄고,   23
맞출 때마다 부상을 입혔고, 부상은
영혼을 빼앗았고, 더 말하고 싶지만
진실은 거짓의 얼굴을 갖고 있구나.
타격에 맞은 투구는 날카로운 소리로
울리고 무섭게 불타고 불꽃이 튀어도,

---

17 그리스 신화에서 저승에 있는 강들 중 하나로 여기에서는 지옥을 가리킨다.
18 원문에는 Soldano, 즉 "술탄"으로 되어 있다.
19 그리스 신화에서 바람의 신 아이올로스가 바람들을 가두고 있는 동굴을 가리킨다.

그는 상대방이 가하는 상처나 고통을
못 느끼거나 그런 척하는 것 같았다.

그가 혼자서 프랑스인들의 첫 번째   24
부대를 거의 달아나게 만들었을 때,
수많은 강들에서 모여든 홍수처럼
달려오는 아랍인들이 도착하였다.
고삐 풀린 프랑스인들은 달아났고,
승리자가 도주자들과 뒤섞여 갔고,
함께 방벽 안으로 들어갔고, 온통
파괴와 공포와 죽음이 가득하였다.

솔리마노의 커다랗고 무서운 투구에   25
그려진 드래곤은 목을 길게 내밀고,
날개를 펼쳐 다리 위로 날아오르고,
활처럼 휜 꼬리를 구부리고 있었다.
세 개의 혀가 떨리면서 잿빛 거품을
뿜고, 쉭쉭 소리가 들리는 것 같았고,
싸움이 불타면서 그와 함께 드래곤도
불탔고, 연기와 함께 불을 내뿜었다.

그 빛[20]에 사악한 솔리마노는 무서운   26

20 드래곤이 내뿜는 불에서 나오는 빛이다.

모습으로 보는 사람들에게 보였으니,
뱃사람들이 수많은 번개들 사이에서
어둠에 무서운 바다를 보는 듯했다.
일부는 떨리는 다리로 달아났으며
일부는 대담하게 검을 손에 잡았고,
밤은 혼란스러움을 더욱 뒤섞었으며
위험을 감추면서 위험을 가중시켰다.

가장 용감한 마음을 보인 자들 중에   27
테베레 강가에서 태어난 이탈리아인이
있었는데, 노고에 몸이 지치지 않았고
나이 때문에 힘이 약해지지도 않았다.
거의 똑같은 다섯 아들이 어디에서
싸우든지 항상 그의 옆에 있었는데,
이른 나이에 아직 성장하는 사지와
부드러운 얼굴을 갑옷이 짓눌렀다.

아버지의 예에서 자극받은 그들은   28
피를 향하여 검과 분노를 일으켰다.
아버지가 말하였다. "도망가는 자들
사이에서 오만한 저놈에게로 가자.
저놈이 저지르고 있는 피의 살육에
너희들의 평소 용기를 늦추지 마라.
아들들아, 어려움을 극복하지 않은

영광은 비열한 영광이기 때문이다.

마치 용맹스런 암사자가 새끼들을,   29
아직은 목에서 갈기가 흘러내리지도
않고, 난폭한 발톱도 자라지 않았고,
입에 무서운 이빨도 없는 새끼들을
사냥과 위험들에 함께 데리고 가서,
태어난 숲을 휘젓고 다른 동물들을
쫓는 사냥꾼에게 분노해 덤벼들도록
예를 보이면서 부추기는 것 같았다.

경솔한 다섯 아들은 착한 아버지를   30
따라 솔리마노를 둘러싸고 공격했고,
하나의 결정에 한 마음이 된 것처럼
긴 창 여섯 개를 한 곳으로 찔렀다.
하지만 큰아들은 너무 대담하였으니,
창을 버리고 검을 들어 공격하였고
예리한 검으로 찌르려고 하였지만
말을 죽여 아래에 쓰러지게 하였다.

하지만 마치 폭풍에 노출된 암초가   31
바다에서 파도에 부딪치고 휩싸여도
분노한 하늘의 천둥과 공격, 바람과
큰 파도에 확고하게 버티는 것처럼,

강력한 솔리마노는 검들과 창들에도
대담한 얼굴을 확고하게 들고 있었고
자신의 말을 검으로 찔러 죽인 자의
머리를 양 눈썹과 뺨 사이로 쪼갰다.

아라만테[21]는 쓰러지고 있는 형에게   32
연민에 젖은 팔을 내밀어 떠받쳤다.
오, 어리석고 헛된 연민이여! 형의
죽음에 자신의 죽음이 따라갔으니,
솔리마노가 그 팔에 검을 내리쳐
형과 함께 땅에 쓰러지게 만들었다.
둘은 함께 쓰러졌고 마지막 한숨과
피를 뒤섞으면서 뒤엉켜서 죽었다.

그런 다음 그는 멀리에서 자신을   33
겨냥하던 사비노의 창을 꺾었으며,
말로 그에게 부딪쳐 떨면서 아래로
쓰러지게 한 다음 위에서 짓밟았다.
젊은이의 몸에서는 큰 시련과 함께
영혼이 분리되어 나갔고, 부드러운
생명의 숨결과 젊은 나이의 즐겁고

---

21 큰아들의 이름은 언급되지 않지만, 나머지 네 아들의 이름은 아라만테Aramante를 비롯하
여 사비노Sabino, 피코Pico, 라우렌테Laurente이다.

행복한 나날들을 슬퍼하며 떠났다.

한 출산으로 아버지를 풍부하게 한   34
피코와 라우란테가 살아 있었는데,
둘은 아주 비슷한 쌍둥이로 종종
즐거운 실수의 원인이 되곤 했다.
자연은 구별할 수 없게 만들었지만
사악한 분노는 구별했으니, 하나는
목과 몸통이 분리되고, 다른 하나는
가슴이 찔린 비극적인 구별이었다.

아버지는 이제 아버지가 아니었다!   35
잔인한 운명에 모두를 동시에 잃다니!
다섯 죽음에 자신과 집안 전체의
죽음이 함께 쓰러진 것을 보았다.
쓰라린 불행 속에서 어떻게 노년이
그렇게 강하고 생생한지 모르겠다.
아직 싸웠지만 아마 죽은 아들들의
얼굴과 몸짓은 보지 못했을 것이니,

애정 어린 어두움이 그렇게 쓰라린   36
죽음을 그의 눈에서 숨겼던 것이다.
어쨌든 자신이 죽지 않는 승리는
그에게는 아무것도 아닐 것이다.

자신의 피를 흘리면서 상대방의
피를 탐욕스럽게 열망하게 되었고,
자신의 큰 욕망이 죽이는 것인지
아니면 죽는 것인지 알 수 없었다.

그는 적을 향해 외쳤다. "그러니까   37
이 손이 경멸적일 정도로 허약해서
아무리 노력해도 아직 나를 향하여
네 분노를 도발하지 않은 것이냐?"
그리고 강하고 치명적인 타격으로
갑옷과 사슬 옷을 동시에 뚫었고,
옆구리로 들어가서 커다란 상처를
입혔고, 미지근한 피가 흘러나왔다.

그 외침과 타격에 잔인한 야만인은   38
분노와 검을 바로 그에게로 돌렸고,
검은 단단한 가죽을 일곱 겹이나
두른 방패를 먼저 찢고 갑옷을 뚫은
다음 그의 내장 속으로 들어갔다.
그 불쌍한 이탈리아인은 흐느끼며
숨을 내쉬었고, 입을 통해, 그리고
상처를 통해 교대로 피를 토했다.

아펜니노 산맥에서 남풍과 북풍의   39

격렬함을 경멸하는 튼튼한 나무가
이례적인 돌풍에 결국 쓰러지면서
주위 나무들을 함께 쓰러뜨리듯이
그는 쓰러졌는데, 그의 분노는 함께
여러 명을 움켜잡아 쓰러뜨렸으며,
용감한 사람에게 합당한 죽음으로
죽으면서도 커다란 학살을 하였다.

솔리마노가 내부의 증오를 터뜨리며   40
사람 몸들로 긴 굶주림을 푸는 동안
자극을 받은 아랍인들도 마찬가지로
그리스도 병사들을 잔인하게 학살했다.
영국인 엔리코, 바이에른의 올리페르노는
잔인한 드라구테여, 네 손에 죽었으며,
아리아데노는 라인 강가에서 태어난
질베르토, 필리포의 목숨을 빼앗았다.[22]

알가차르의 곤봉에 에르네스토가 죽었고,   41
알가첼레의 검에 오토네가 땅에 쓰러졌다.

---

22 십자군 병사 영국인 엔리코Enrico(이 작품에서 엔리코라는 이름의 등장인물은 모두 네 명
이다.), 올리페르노Oliferno, 질베르토Gilberto, 필리포Filippo, 그리고 아랍인 병사 드
라구테Dragutte, 아리아데노Ariadeno는 여기에서만 나온다. 뒤에 나오는 에르네스토
Ernesto와 알바차르Albazar도 마찬가지이다. 오토네는 비스콘티 가문 출신으로 아르간테
와 결투하다 포로로 잡힌 오토네(제6곡 28연 이하 참조)와 동일 인물로 추정된다. 또한 알
가첼레Algazelle는 78연에서 다시 등장하지만 아르질라노의 검에 죽는다.

하지만 얼마나 많은 병사가 어떻게
죽었는지 누가 이야기할 수 있을까?
최초의 함성[23]에서 이미 고프레도는
깨어 있었고, 가만히 있지 않았으니,
벌써 완전히 무장하고 커다란 부대를
모았고, 벌써 그들과 함께 움직였다.

함성에 뒤이어서 점점 더 무섭게   42
울려 퍼지는 듯이 떠들썩한 소리에
그것이 아랍인 도둑들의 갑작스러운
공격이라는 것을 곧바로 깨달았다.
그렇게 일시적인 무리가 대담하게
공격할 것이라고 생각하지 않았지만
그들이 주변 지역을 휩쓴다는 것을
대장은 모르고 있지 않았기 때문이다.

그가 가는 동안 다른 쪽에서 갑자기   43
"무기! 무기!" 외치는 소리를 들었고,
그와 동시에 야만적인 함성 소리들이
무서울 정도로 하늘에 울려 퍼졌다.
바로 클로린다가 왕의 부대를 이끌고
공격했고, 옆에 아르간테가 있었다.

23 보초들의 함성을 가리킨다.

그러자 대장은 옆에 있던 고귀한
궬포를 향해 몸을 돌리고 말했다.

"언덕과 도시 쪽에서 어떤 새로운   44
전쟁의 소음이 들려오는지 보시오.
바로 저기서 그대의 무훈과 기술이
적들의 처음 공격을 억제해야 하오.
그러니 그대는 이들 중에서 일부를
이끌고 저쪽으로 가서 조치하시오.
나는 나머지와 함께 다른 쪽으로
가서 적들의 충동을 막을 것이오."

그렇게 결론을 내렸고, 각자 다른   45
길로 똑같은 운명을 향해 움직였다.
궬포는 언덕으로, 대장은 아랍인들이
아무 저항도 받지 않는 곳으로 갔다.
하지만 대장은 가면서 세력이 더욱
커졌으니 계속 새 사람이 합류했고,
강한 솔리마노가 피를 뿌리는 곳에
이르렀을 때는 이미 크고 강해졌다.

포^{24} 강이 처음 산에서 내려올 때에는   46

24 포Po 강은 이탈리아 북서쪽 알프스 산에서 발원하여 동쪽 아드리아 해로 흘러드는 이탈리

초라한 좁은 강변을 채우지 못하지만,
원천에서 멀어질수록 점점 더 많은
힘을 얻으면서 오만해지고 넘치며
무너진 강둑 위로 황소의 머리를
들고 승리자처럼 주위에 범람하고,
여러 하구로 아드리아 해로 공물이
아니라 전쟁을 가져가는 것 같았다.

고프레도는 겁에 질린 자기 병사가   47
달아나는 곳으로 달려가서 외쳤다.
"이 무슨 짓이냐? 어디로 달아나느냐?
최소한 뒤쫓는 자가 누군지 보아라.
얼굴에 상처를 주지도 못하고 받지도
못하는 비열한 무리가 뒤쫓고 있다.
만약 자기들 쪽으로 돌린 너희들의
얼굴을 본다면 무기가 떨릴 것이다."

그리고 솔리마노가 학살을 벌이는   48
곳을 향해 말에게 박차를 가했다.
피와 먼지들의 한가운데로, 검과
위험과 죽음들의 한가운데로 갔고,
가장 **빽빽**하고 가장 강한 부대를

아 최대의 강이다.

검과 충돌로 헤치고 무너뜨렸으며,
말들과 기사들, 무기들과 병사들을
양쪽에서 쓰러뜨려 뒤엉키게 했다.

엄청난 살육의 혼란스러운 산들을   49
뛰어 넘으면서 앞으로 나아갔으며,
대담한 솔리마노는 다가오는 강한
공격을 알면서도 달아나지 않았고,
오히려 마주쳐가면서 검을 높이
들고 공격하려고 가까이 다가갔다.
오, 이제 운명이 세상의 극단에서
두 기사를 결투로 만나게 했구나!

분노와 역량²⁵이 여기 작은 원에서   50
거대한 아시아를 차지하려고 싸운다.
검이 얼마나 무겁고 빠른지, 결투가
얼마나 격렬한지 누가 말하겠는가?
밝은 태양에 합당하고 모든 사람이
모여 바라볼 만한 싸움에서 벌어진
놀라운 것을 나는 말하지 않겠으니,
밤의 어두운 대기가 뒤덮어버렸다.

---

25 솔리마노의 야만적인 충동과 고프레도의 무훈을 가리킨다.

예수님의 부대는 그 지도자 뒤에서   51
이제 대담해져서 앞으로 나아갔고,
아주 강한 병사들의 빽빽한 무리가
살인자 솔리마노 주위를 에워쌌다.
이교도들과 함께 그리스도 병사들도
이쪽이나 저쪽 진영을 피로 적셨고,
승리자들이나 패배자들 양쪽 모두
똑같이 죽음을 안겼으며 또 죽었다.

똑같은 대담함과 똑같은 세력으로   52
여기서 남풍, 저기서 북풍이 불어와
서로 하늘이나 바다를 양보하지 않고
구름에 구름, 파도에 파도로 대적하듯,
조금도 양보하거나 굴복하지 않았고
집요하고 격렬한 싸움을 보였으며,
방패와 방패, 투구와 투구, 검과 검이
무섭게 함께 부딪치면서 충돌하였다.

그동안 다른 쪽에서도 마찬가지로   53
싸움이 격렬했고 병사들이 빽빽했다.
수없이 많은 악마들[26]의 구름이 방대한
하늘을 온통 가득 채우고 있었으며,

이교도들에게 힘을 주어서 그 결과
돌아서려고 생각하는 자가 없었고,
지옥의 햇불에 아르간테가 불탔으며
자기 자신의 불꽃으로 더욱 불탔다.

그는 자기 쪽의 수비대를 달아나게 54
만들었고 방벽 안으로 뛰어들어 갔다.
찢어진 팔다리로 웅덩이를 채웠으며
공격이 용이하게 길을 평평히 했고,
그리하여 다른 병사들이 뒤따라가
맨 앞 천막을 피로 붉게 물들였다.
조금 뒤에 클로린다가 함께 갔는데
두 번째로 가는 것을 견디지 못했다.

프랑스인들이 달아나는 동안 퀠포와 55
그의 부대가 적시에 거기 도착했고,
도주자들의 머리를 돌리게 하였고
이교도 사람들의 분노를 저지했다.
그렇게 싸웠고 이쪽에서 저쪽에서
똑같이 피가 강을 이루어 흘렀다.
그동안에 하늘의 왕께서는 당신의
옥좌에서 그 사악한 전투를 보셨다.

26 원문에는 angeli stigi, 즉 "스틱스의 천사들"로 되어 있다.

정의롭고 선하신 그분은 모든 것을   56
만들고 장식하며 율법을 정하는 곳,
좁은 세상의 한계들 너머 이성이나
감각이 닿을 수 없는 곳에 계셨으며
영원하고도 장엄한 옥좌에서 하나의
빛이면서 세 개의 빛[27]으로 빛나셨다.
발밑에는 소박한 관리자인 '운명'과
'자연'과 '움직임'과 '시간'[28]이 있었고,

저 위에서 원하는 대로 이 아래의   57
영광과 황금과 왕국을 흩어버리고
옮기며 여신처럼 우리 인간의 경멸을
무시하는 '행운'[29]과 '장소'가 있었다.
그곳에서 그분은 가치 있는 자들도
눈부시게 만드는 광채에 둘러싸여
계셨고, 주위에는 똑같은 행복 속에
무수한 불멸의 존재들이 함께 있었다.

행복한 노래들의 거대한 화음 속에   58
그 천상의 옥좌는 행복하게 울렸다.

27 하나이자 동시에 세 개의 위격으로 존재하는 삼위일체를 가리킨다.
28 원문에는 Chi 'l misura, 즉 "그것[움직임]을 측정하는 자"로 되어 있다.
29 원문에는 Quella, 즉 "그녀"로 되어 있다.

그분은 눈부신 금강석 갑옷 안에서
불타고 빛나는 미카엘 천사를 불러
말씀하셨다. "내가 사랑하는 충실한
양 떼에 대항해 지옥의 악한 무리가
싸우고, 죽음의 심연에서 올라 나와
세상을 흔드는 것이 보이지 않는가?

가서 전쟁을 맡아야 할 병사들에게   59
맡기고 이제 떠나라고 네가 말해라.
산 자들의 세상이나 순수한 하늘도
뒤흔들거나 오염시키지 않게 해라.
아케론30의 어둠, 합당한 자기 숙소로,
자신의 형벌 속으로 돌아가 거기에서
자신과 심연의 영혼들을 괴롭히라고
해라. 내가 그렇게 명령하고 정했다."

그렇게 말하셨고 날개 달린 전사들의   60
대장31은 신성한 발 앞에 몸을 숙였고,
황금빛 날개를 펼쳐 크게 날아올랐고,
생각할 수 없을 정도로 빨리 날았다.

---

30 그리스 신화에 나오는 저승의 강으로 죽은 사람이 저승으로 가기 위해 건너가야 하는 강들
중 하나이다. 여기에서는 지옥을 가리킨다.
31 미카엘 천사.

축복받은 자들이 영광스러운 부동의
자리에 있는 불과 빛[32]을 지나간 다음
순수한 크리스털[33]과 별들이 보석처럼
박힌 하늘[34]을 바라보면서 지나갔다.

그리고 다른 임무와 다른 모습으로   61
왼쪽으로[35] 돌고 있는 토성과 목성,
천사들의 역량이 침투하고 움직여서
실수할 수 없는 다른 행성들을 지나,
찬란히 빛나고 행복한 하늘들[36]에서
천둥과 비가 만들어지는 곳[37]을 지나,
내부 싸움으로 파괴되고 재생되며,
죽고 다시 탄생하는 세상으로 갔다.

32 사랑과 빛으로 이루어진 최고의 하늘이자 '불의 하늘' 엠피레오Empireo를 가리킨다. 천사
   들과 축복받은 자들은 모두 하느님과 함께 여기에 있는 것으로 믿었다.
33 '최초 움직임의 하늘Primum Mobile' 또는 '원동천(原動天)'을 가리킨다.
34 '붙박이별들의 하늘' 또는 '항성천(恒星天)'을 가리킨다.
35 서쪽에서 동쪽으로.
36 프톨레마이오스의 이론을 토대로 한 중세 가톨릭교회의 우주관에 의하면, 고정된 지구를
   구심점으로 모두 열 개의 투명한 하늘이 겹쳐서 돌고 있는 것으로 보았다. 그러니까 지구
   에서 가장 가까운 '달의 하늘'을 비롯하여 '수성의 하늘', '금성의 하늘', '태양의 하늘', '화
   성의 하늘', '목성의 하늘', '토성의 하늘', '붙박이별들의 하늘', '최초 움직임의 하늘'이 돌고
   있으며, 그 너머에 움직이지 않는 '불의 하늘' 엠피레오가 있다는 것이다. 그리고 엠피레오
   를 제외한 아홉 하늘은 아홉 등급으로 분류된 천사들이 관장하는 것으로 보았다.
37 '달의 하늘'과 대기 사이에 '불의 하늘' 또는 '화염권(火焰圈)'이 있으며, 거기에서 천둥이나
   비 같은 기상 현상이 비롯된다고 믿었다.

그는 영원한 날개로 빽빽한 어둠과   62
음산한 두려움을 뒤흔들면서 갔고,
얼굴이 눈부시게 빛나면서 흩뿌리는
신성한 빛으로 밤이 환히 밝아졌다.
마치 비가 내린 다음 구름 속에서
태양이 아름다운 색깔[38]을 펼치듯이,
그렇게 별이 맑은 하늘을 가로지르며
위대한 어머니[39]의 품으로 내려갔다.

그 사악한 지옥 무리가 이교도들의   63
광기를 부추기고 태우는 곳에 이르자
날개의 힘으로 허공에서 정지한 채
창을 흔들면서 그들에게 말하였다.
"세상의 왕께서 어떤 무서운 번개로
천둥치시는지 너희는 이미 알 것이다.
아니면 지극히 괴롭고 초라한 고통과
경멸 속에서 아직도 오만한 것이냐?

존경할 깃발[40]에 시온이 성벽을 허물고   64
성문을 열도록 하늘에 정해져 있다.

38 무지개.
39 대지.
40 십자군.

왜 운명과 싸우느냐? 무엇 때문에
하늘 궁전의 분노를 자극하느냐?
저주받은 자들아, 영원한 고통과
죽음의 너희들 왕국으로 돌아가라.
그 너희들의 폐쇄된 감옥 안에서
너희들의 전쟁과 승리를 얻어라.

거기에서 잔인하고 영원한 비명과   65
이빨을 가는 소리, 사슬과 쇠들[41]이
부딪치는 소리 속에서 죄인들에게
너희들의 모든 힘을 쓰도록 해라."
그리고 떠나기를 망설이는 자들을
치명적인 창으로 찌르고 때렸으며,
악마들은 신음하면서 아름다운 빛과
빛나는 별들의 구역에서 떠났으며,

죄인들에게 평소의 고통을 주려고   66
지옥의 심연을 향해 날개를 펼쳤다.
따뜻한 지방으로 이주하는 새들도
그렇게 많이 바다를 건너지 않았고,
가을 첫 추위에 땅바닥에 떨어지는
마른 낙엽들도 그렇게 많지 않았다.

41 지옥의 고문 도구들을 가리킨다.

그들에게서 해방된 세상은 그렇게
어둡던 얼굴을 내려놓고 즐거워했다.

하지만 알렉토가 불을 불어넣지 않고   67
지옥의 채찍이 옆구리를 치지 않아도,
아르간테의 경멸적인 가슴속에서는
대담함이나 분노가 줄어들지 않았다.
프랑스인들이 가장 **빽빽하게** 몰리고
많은 곳에서 잔인한 검을 휘둘렀고,
천한 자와 강한 자를 죽였고, 고귀한
자와 비천한 자를 대등하게 만들었다.

근처의 클로린다도 그에 못지않게   68
잘린 팔다리를 진영 사방에 뿌렸다.[42]
베를린기에로의 생명이 살고 있던
가슴의 심장 가운데로 검을 찔렀고,
그 타격은 너무 강하게 가해졌기에
피에 젖은 검이 등 뒤로 나왔으며,
알비노의 최초 영양분을 받던 곳을
찔렀고, 또한 갈로의 얼굴을 쪼갰다.

---

42 뒤이어서 이름이 언급되는 베를린기에로Berlinghiero, 알비노Albino, 갈로Gallo는 여기에
서만 나오고, 제르니에로Gerniero는 제1곡 56연과 제7곡 66연에서 이미 언급되었다. 롬바
르디아 출신 아킬레는 제1곡 55연에서 이미 언급되었다.

자신에게 상처를 준 제르니에로의   69
오른손을 잘라 땅에 떨어뜨렸는데,
아직 검을 잡은 손은 반쯤 살아서
떨리는 손가락으로 땅에서 꿈틀댔다.
마치 잘린 뱀의 꼬리가 자신의 몸과
붙으려고 헛되이 노력하는 것 같았다.
클로린다는 그렇게 망가진 자를 떠나
아킬레를 향해 돌아서 검을 내리쳤고,

목과 목덜미 사이를 정확히 맞추어   70
신경을 자르고 목의 줄기를 잘랐으니,
몸통이 아래로 떨어지기 전에 머리가
먼저 땅바닥에 떨어져 구르며 얼굴이
먼지로 더러워졌고, 불쌍한 괴물처럼
몸통은 아직 안장에 앉아 있었지만,
고삐가 풀린 말은 무수하게 돌면서
발길질을 하여 위에서 떨어뜨렸다.

그렇게 맹렬한 클로린다가 서방의   71
부대들을 헤치고 타격하는 동안에,
그녀에 못지않게 강력한 질디페는
마찬가지로 사라센인들을 학살했다.
두 사람 모두 여인이었고, 두 여인
모두에게 용기와 무훈이 비슷했다.

하지만 더 큰 적을 위해 남겨두려고
운명은 둘이 부딪치게 하지 않았다.

하나는 여기, 하나는 저기서 싸웠고   72
빽빽한 무리를 헤치고 나갈 수 없자
너그러운 퀠포가 클로린다를 향하여
검을 겨누고 그녀에게 압박해갔고,
검을 내리쳐 아름다운 옆구리에서
약간 피에 젖게 했고, 또한 그녀는
검 끝으로 잔인한 응수를 하였으니,
갈비뼈 사이로 들어가 부상을 입혔다.

퀠포는 타격을 배가했으나 그녀에게   73
맞지 않았고, 지나가던 팔레스타인인
오스미다가 자기 것이 아닌 부상을
대신 당하였으니 얼굴이 쪼개졌다.
하지만 퀠포 주위에 자신이 이끌던
병사들이 벌써 많이 몰려들었으며,
다른 쪽에서도 무리가 더 늘어나서
싸움은 혼란해지고 뒤섞이게 되었다.

그동안 새벽이 천상의 발코니에서   74
아름다운 보랏빛 얼굴을 내밀었다.
혼란의 와중에 강력한 아르질라노는

자신의 감옥에서 풀려나게 되었고,
좋든 나쁘든 우연이 제공하는 대로
불확실한 갑옷을 서둘러서 입었고,
새로운 자기 실수를 새로운 공훈과
영광으로 보상하기 위해 달려갔다.

마치 전쟁에 사용하기 위해 왕실의   75
마구간에 보관돼 있던 말이 달아나,
마침내 자유롭게 넓은 길에서 동료들
사이로 가거나 강이나 풀밭에 가서
목 위로 갈기를 휘날리고 어깨 위로
목덜미를 오만하게 들고 뒤흔들면서
재빠르게 달려가고 불타는 것 같고
울음소리로 들판을 채우는 것처럼,

그렇게 아르질라노는 갔으며, 강한   76
눈길이 불타고 겁 없는 표정이었다.
가볍게 뛰었고, 발이 무척 재빨라서
먼지 위에 발자국이 남지도 않았고,
적들 사이에 이르러 전혀 겁이 없고
대담한 사람답게 목소리를 높였다.
"무능한 아랍인들, 세상의 쓰레기들아,
어디에서 그런 대담함을 키웠느냐?

투구와 방패 무게를 견디지 못하고   77
가슴과 등을 무장하지 못하는데도,
헐벗고 겁에 질려 화살들을 바람에
맡기고 목숨을 도망에 맡기는구나.
너희들은 일이나 다른 중요한 것을
밤중에 하고, 어둠이 도움을 주는데,
이제 어둠이 달아나니 누가 도울까?
이제는 무기와 무훈이 필요할 때다."

그렇게 말하면서 알가첼레의 목에다   78
너무나도 잔인한 타격을 가하였기에
그의 목이 잘렸고, 대답하기 위하여
이미 시작한 말도 함께 잘려 나갔다.
그자에게는 즉각적인 공포가 시야를
가렸고, 강한 냉기가 뼛속으로 흘렀고,
쓰러져 죽어가면서 분노에 가득하여
이빨로 증오스러운 흙을 깨물었다.

이어 여러 가지 방법으로 살라디노,   79
아그리칼테, 물레아세를 죽게 했고,
그들과 가까이에 있던 알디아칠의
옆구리를 한 번 타격으로 꿰뚫었고,
아리아디노의 가슴 위쪽을 찔러서
쓰러뜨리고 격렬한 말로 조롱했다.[43]

그는 죽어가면서 그의 오만한 말에
무거운 눈을 들고 이렇게 대답했다.

"네가 누구든지, 이 죽음의 즐거운   80
승리자로 오래 자랑하지 못할 테니,
똑같은 운명이 너를 기다리고 있고,
강한 손에 너도 내 옆에 누울 것이다."
그는 쓰라리게 웃으면서 "내 운명은
하늘이 보살핀다. 너는 죽어 새들과
개들의 먹이가 될 것이다." 그리고
짓밟으며 영혼과 검을 함께 뽑았다.

솔리마노의 시종[44] 하나가 궁수들과   81
창수(槍手)들의 부대에 뒤섞여 있었는데,
아직 젊은 나이에 아름다운 턱에
최초의 꽃[45]이 퍼지지 않고 있었다.
그의 아름다운 뺨 위에 흘러내리는
미지근한 땀은 진주나 이슬 같았고,
먼지는 풀린 머리칼에 우아함을 더해

---

43 살라디노Saladino, 아그리칼테Agricalte, 아랍인 물레아세Muleasse, 알디아칠Aldiazil, 아
리아디노Ariadino도 여기에서만 등장한다. 다만 아리아디노는 앞의 40연에서 언급된 아리
아데노와 동일한 인물일 수도 있으며, 나중에 제20곡에서 인도인 물레아세가 등장한다.
44 나중에 85연에서 이름이 언급되는 레스비노Lesbino이다.
45 수염.

강한 표정의 얼굴이 부드럽게 보였다.

그가 타고 있는 말은 아펜니노에   82
방금 내린 눈처럼 하얀색이었는데,
돌거나 치솟는 회오리바람이나 불꽃도
그처럼 빠르고 가볍지 않을 정도였다.
그는 날카로운 창 한가운데를 들고
허리에는 짧고 굽은 검을 둘렀는데,
야만인의 화려함으로 보랏빛 천과
황금으로 장식되어 빛나고 있었다.

젊은 가슴이 영광의 새로운 욕망에   83
유혹된 그 젊은이가 이쪽저쪽에서
모든 부대들을 휘젓고 있는 동안에
곁에 다가가는 자가 전혀 없었는데,
가볍게 돌며 창을 찌르려는 순간을
아르질라노가 주의 깊게 관찰했고
그 순간 갑자기 그의 말을 죽였고,
말은 일어서는 그를 위에서 짓눌렀다.

그리고 헛되이 연민의 무기로 자신을   84
보호하듯 애원하는 얼굴을 무자비한
손이 겨냥하였고, 아, 잔인하도다!
자연의 가장 멋진 가치를 훼손했다.

검은 인간보다 더 인간적인 감정을
가졌는지 돌아서 옆으로 내려왔다.
하지만 가중된 잔인한 칼끝이 전에
실수한 곳을 맞췄으니 무슨 소용인가?

거기에서 그다지 멀지 않은 곳에서 85
고프레도와 결전을 벌이고 있었던
솔리마노는 시종의 위험을 보자마자
말을 돌려 바로 싸우던 곳을 떠났고,
검으로 막힌 길을 열고 도착했으나
도움이 아니라 복수를 위한 것이니,
아, 괴롭다! 레스비노가 잘린 꽃처럼
죽어 누워 있는 것을 보았기 때문이다.

그리고 그 고귀하게 떨리며 스러지는 86
눈과 등 뒤로 돌아간 목을 보았으니,
너무나 창백하고 죽어가는 얼굴에서
너무 부드러운 연민이 발산되었기에
강한 돌로 된 심장도 부드러워졌고
분노 한가운데에서 눈물이 치솟았다.
솔리마노여, 우는가? 파괴된 왕국을
마른 눈으로 바라보던 네가 우는가?

하지만 젊은이의 피에 젖어 아직도 87

부드러운 김이 나는 검을 보자마자
연민은 지고 분노가 불타며 끓었고,
자신의 눈물을 가슴속에다 억눌렀다.
아르질라노에게 달려들었고 그의 검은
먼저 방패를 쪼개고 투구를 쪼갠 다음
머리와 목을 갈랐으니, 솔리마노의
분노에 어울리는 대단한 타격이었다.

거기에 만족하지 않고 말에서 죽은   88
시체 위로 내려가 계속 공격했으니,
마치 자신에게 단단한 타격을 가한
돌을 격분한 개가 무는 것 같았다.
무감각한 땅에서 잔인해지는 것은
오, 커다란 고통에 헛된 위안이로다!
하지만 그동안 프랑스인들의 대장은
분노와 타격을 헛되이 쓰지 않았다.

이곳의 많은 투르크인들은 갑옷과   89
투구와 방패로 무장하고 있었는데,
노고에도 육신이 지치지 않았으며
대담한 정신에 모든 경우에 능했다.[46]
예전에 솔리마노의 부대에 있었고

---

46 뒤이어 말하듯이 그들은 베테랑 병사들이다.

불행했던 그의 실수들을 뒤따라서
함께 아라비아의 사막으로 갔으며
역경 속에서도 친구로 남아 있었다.

그들은 질서 있게 빽빽하게 모여   90
프랑스군에 전혀 물러나지 않았다.
고프레도는 거기서 강한 코르쿠테의
얼굴과 로스테노의 옆구리를 찔렀고,
셀리노의 어깨에서 머리를 베었고,
로사노의 왼팔과 오른팔을 잘랐고,[47]
그들뿐 아니라 여러 가지 방식으로
많은 사람을 죽이고 부상을 입혔다.

그가 그렇게 사라센인들에게 타격을   91
가하고 또 그들의 타격을 맞는 동안
그 어떠한 방식으로든 야만인들의
운명과 희망은 줄어들지 않았는데,
전쟁의 번개들을 안에 감추고 있는
새로운 먼지 구름이 가까이 왔고,
갑자기 무기들의 번개가 나오더니
이교도들 진영을 당황하게 만들었다.

47 코르쿠테Corcutte, 로스테노Rosteno, 셀리노Selino, 로사노Rossano도 여기에서만 나온다.

그들은 하얀 바탕에 승리의 붉은색
십자가를 휘날리는 기사 쉰 명이었다.[48]
백 개의 입과 백 개의 혀, 강철 같은
호흡과 강철 같은 목소리를 가졌어도,
그 강한 부대가 첫 공격에 쓰러뜨린
숫자를 나는 이야기할 수 없으리라.
허약한 아랍인들이 쓰러졌고, 불굴의
투르크인들도 싸우며 저항하다 죽었다.

공포감과 잔인함과 두려움과 죽음이
주위를 휩쓸고 다녔고, 여러 얼굴의
승리자 '죽음'이 배회하고 또 피의
호수가 물결치는 것을 볼 수 있었다.
왕[49]은 벌써 자기 병사 일부를 이끌고
성문 밖으로 나갔으니, 높은 곳에서
아래 들판과 불확실한 싸움을 보다가
그 불행한 사건을 예감한 것 같았다.

하지만 주요 부대의 퇴각을 보자마자
그는 집합하라는 나팔 소리를 울렸고,
여러 차례 전령을 보내 아르간테와

92

93

94

---

48 나중에 밝혀지듯이 아르미다를 따라갔던 기사들이다.
49 알라디노.

클로린다에게 퇴각하라고 부탁했다.
강력한 두 사람은 어리석은 분노에
눈멀고 피에 취해 그것을 거부했으나,
결국에는 양보했고 최소한 병사들을
모아서 퇴각을 억제하려고 노력했다.

하지만 누가 민중을 통제하고 두려움과 95
소심함을 억제할까? 도주는 시작되었다.
누구는 방패를 던졌고, 누구는 방해만
되고 보호하지 못하는 검을 내던졌다.
들판과 도시 사이에 계곡이 있었는데
서쪽에서 남쪽으로 가파르게 올라가는
곳으로 그들은 달아났고, 성벽 쪽으로
검은 먼지 구름이 일어나 뒤덮었다.

그들이 서둘러 언덕을 달리는 동안 96
그리스도인들을 무섭게 살육했지만,
언덕을 올라가 이미 야만인 폭군의
도움에 가까이 다가가게 된 이후로
켈포는 험한 오르막길의 불리함으로
위험에 노출되지 않도록 병사들을
세웠고, 왕은 불행한 전쟁에서 남은
적잖은 자들을 성벽 안으로 데려갔다.

솔리마노는 지상에서 허용된 것을　　　　　　　　　97
모두 했고 더 이상 할 수 없었으니,
온통 피와 땀에 젖었고, 무겁고 가쁜
숨에 가슴이 아프고 옆구리가 떨렸다.
방패에 짓눌린 팔에서 힘이 빠졌고
오른손으로 검을 천천히 휘두르며
자르지 않고 깨뜨렸으니 검이 검의
용도를 잃고 무디어졌기 때문이다.

그렇게 느끼자 두 가지 사이에서　　　　　　　　98
망설이는 사람처럼 서서 생각했다.
자신이 죽어 그 대단한 사건에서
자기 손으로 영광을 빼앗을 것인지,
아니면 패배한 진영에서 살아남아
생명을 간직할 것인가 생각하다가
결국 말했다. "운명이 결정하라지.
이 도주가 승리의 전리품이 되겠지.[50]

적이 내 등을 보고 또다시 우리의　　　　　　　　99
부끄러운 망명을 조롱하게 놔두자.
내가 또다시 평화를 흔들고 왕국을
불안하게 만드는 것을 볼 테니까.

50 패배의 불명예를 받아들이고 살아남겠다는 뜻이다.

나는 굴복하지 않아. 모욕에 대한
영원한 기억으로 내 경멸도 영원해.
내 시체가 파묻히고 영혼이 없어도
더욱 잔인한 적으로 부활할 것이야."

제10곡

패배하여 달아나던 솔리마노는 이집트 왕에게로 가려고 했으나 마법사 이스메노의
충고에 따라 예루살렘에 있는 알라디노의 왕궁으로 간다. 그동안 그리스도 진영에서
는 오십 명의 기사들이 탄크레디와 함께 아르미다의 마법에 걸려 잡혀 있다가 리날도
의 도움으로 풀려났다고 이야기한다. 은둔자 피에로는 무의식중에 리날도와 데스테
가문에 대해 예언한다.

그렇게 말하는 동안 말 한 마리가   1
주위에서 배회하는 것을 발견하고
곧바로 풀려 있는 고삐를 잡았고
지치고 힘들었지만 위로 올라탔다.
무섭게 솟았던 투구 장식은 떨어졌고,
투구는 치욕스럽게 떨어져 굴렀고,
사슬 옷은 찢어졌고, 오만한 왕의
화려함은 아무 흔적도 남지 않았다.

마치 닫힌 양 우리에서 쫓겨나서   2
달아났다가 숨었다가 하는 늑대가,
끝없이 탐욕스러운 커다란 뱃속의
내장이 이미 가득 채워져 있는데도
여전히 피의 욕심에 혀를 내밀고
더러워진 입술을 핥아먹는 것처럼,

그는 유혈의 학살 뒤에도 여전히
탐욕스런 굶주림을 채우지 못했다.

그리고 자신의 운명대로 주위에서   3
구름처럼 쉭쉭거리며 나는 화살들,
수많은 검들, 수많은 창들, 수많은
죽음의 도구들에서 마침내 벗어났고,
아주 황량하고 외진 길들을 통해
아무도 모르게 앞으로 나아가면서
무엇을 해야 할지 속으로 생각하며
생각들의 커다란 폭풍에 흔들렸다.

마침내 이집트의 왕이 아주 강력한   4
군대를 모으고 있는 곳으로 가서
무훈을 덧붙이고 새로운 전투에서
운명을 다시 시도하기로 결심했다.
그렇게 결정했고 어떤 머뭇거림도
중간에 넣지 않고 똑바른 길로 갔고,
길을 알고 있었으니까 옛날 가자의
해변으로 안내할 자도 필요 없었다.

상처의 고통이 심해지고 부상당한   5
몸이 무거운 것도 느끼지 못했어도
그래도 가끔 쉬며 갑옷을 벗었지만,

하루를 온통 길을 가는 데 보냈다.
그러다 어둠이 세상에서 여러 모습을
빼앗고 색깔들을 검게 물들였을 때
말에서 내려 상처를 보살피고 높은
야자나무를 흔들어 열매를 떨어뜨렸고,

야자열매를 먹은 다음 맨땅 위에서   6
피곤한 옆구리를 편안하게 눕혔으며
단단한 방패에 머리를 기대고 누워
피곤한 생각들의 움직임을 완화했다.
하지만 상처의 고통이 시시각각으로
더 예리해지는 것을 느꼈고, 더구나
경멸과 고통이라는 내면의 독수리가
그의 가슴과 심장을 찢고 갉아먹었다.

깊은 한밤중에 주위에서 사물들이   7
모두 잠잠해졌을 무렵에야 마침내
그는 피곤함에 압도되어 번잡하고
귀찮은 걱정들을 잠에 빠지게 했고,
짧고 번잡스러운 잠 속에서 피곤한
팔다리와 약해진 눈을 쉬게 했는데,
그가 자는 동안에도 엄한 목소리가
그의 귀에다 천둥치듯이 말하였다.

"솔리마노야, 그 게으른 네 휴식은   8
더 나은 기회를 위해 아껴놓아라.
네가 다스리던 조국이 이방인들의
멍에에 아직 예속되어 있기 때문이다.
네 패배의 커다란 흔적이 남아 있는
이 땅에서 잠자면서 네 유해가 아직
묻히지 않았다는 것을 기억 못하느냐?
게으르게 새로운 날을 기다리느냐?"

솔리마노는 잠이 깨서 눈을 들었고   9
나이가 많은 듯한 사람[1]을 보았는데,
구부정한 지팡이로 노쇠한 다리의
불안정한 걸음을 지탱하고 이끌었다.
"당신 누구야?" 경멸적으로 물었다.
"어떤 부적절한 유령이 여행자의
짧은 잠을 깨우는 거야? 내 복수나
부끄러움에서 무엇을 바라는 거야?"

그러자 노인은 "나는 당신의 새로운   10
계획을 약간 알고 있는 사람인데,
당신이 생각하는 것보다 당신에게
중요한 사람으로서 당신에게 왔소.

---

1   19연에서 신분을 밝히는 마법사 이스메노이다.(제2곡 1~10연 참조)

쓰라린 말이 쓸모없지 않을 것이니
경멸은 역량의 숫돌이기 때문이오.[2]
그러니 당신의 미리 준비된 무훈에
채찍과 박차가 될 내 말을 들으시오.

내가 예견하는데, 지금 당신 걸음은   11
이집트 왕에게 향하지 않아야 해요.
만약 계속 간다면 불필요하게 힘든
여행을 할 것이라고 나는 예견하오.
당신이 가지 않더라도 그는 곧바로
사라센 군대를 모아 움직일 것이니,
그곳은 우리 적에게 당신의 무훈을
보여주고 쓸 곳이 아니기 때문이오.

하지만 나를 안내자로 한다면 라틴   12
군대가 포위하고 있는 성벽 안으로
검을 잡을 필요도 없이 환한 대낮에
안전하게 안내한다고 약속하겠습니다.
거기에서 무기와 노고로 강한 싸움은
당신에게 영광과 즐거움이 될 것이며
이집트 군대가 도착해 다시 전쟁이
일어날 때까지 그곳을 지킬 것이오."

2   숫돌처럼 날카롭게 만들고 강화시킨다는 뜻이다.

그렇게 말하는 동안 강한 투르크인은   13
그 노인의 눈과 목소리를 관찰하였고,
자신의 강인하던 마음과 얼굴에서
오만함과 분노를 모두 내려놓았다.
"어르신,[3] 나는 당신을 따를 준비가
되어 있소. 어디든지 나를 안내하오.
나에게는 노고와 위험이 많은 곳이
언제나 더 나은 충고처럼 보인다오."

노인은 그 말을 칭찬했고, 밤공기가   14
고통스럽게 만드는 그의 상처들에다
어떤 액체를 부었는데, 힘이 솟으며
피가 응고되었고 상처가 아물었다.
새벽이 물들인 장미들을 아폴론이
벌써 황금빛으로 만들 무렵 노인이
말했다. "떠날 시간이오. 일하라고
부르는 태양이 길을 비추고 있소."

그리고 멀지 않은 곳에서 기다리던   15
마차에 니카이아 사람과 함께 탔고,
두 마리 말의 고삐를 늦추고 노련한
손으로 번갈아가며 채찍을 가했다.

3   본문에는 padre, 즉 "아버지"로 되어 있다.

말들은 먼지 많은 바닥에다 바퀴나
말굽의 흔적도 남기지 않고 갔으며
김이 나면서 숨을 헐떡이며 달렸고
재갈은 거품으로 온통 하얀색이었다.

기적이라고 말하리. 주위의 대기가   16
모여들어 빽빽해지며 구름이 되었고
커다란 마차를 둘러싸고 뒤덮었지만,
구름은 조금도 전혀 보이지 않았고,
투석기에서 쏘아 올린 돌덩어리도
그 빽빽한 구름을 뚫지 못할 것이나,
우묵한 안에서 두 사람은 구름이나
밖의 맑은 하늘을 잘 볼 수 있었다.

솔리마노는 너무나도 깜짝 놀랐고   17
눈썹과 이마를 찡그리며 뚫어지게
구름과 마차를 보았는데, 장애물을
넘어서 빠르게 날아가는 것 같았다.
꼼짝하지 않는 얼굴 표정에서 마음에
놀라움이 가득한 것을 본 상대방은
침묵을 깨뜨리고 솔리마노를 불렀고,
그는 몸을 흔들더니 이렇게 말했다.

"오, 당신이 누구이든, 한계를 넘어   18

자연을 놀랍고 이상한 일로 만들고,
사람들 마음 깊은 곳에서 비밀스런
생각들을 당신 마음대로 꿰뚫어보고,
하늘에서 넣어준 능력으로 가깝거나
멀리 떨어진 것들[4]을 미리 보는군요.
세상에! 아시아의 이 큰 사건[5]을 하늘이
평화 아니면 파멸로 정했는지 말해보오.

아니, 먼저 당신 이름과 어떤 기술로   19
그렇게 놀라운 일을 하는지 말해주오.
먼저 내 놀라움이 사라지지 않는다면
어떻게 다른 말을 이해할 수 있겠소?"
노인은 미소를 지으며 "당신 욕망을
부분적으로 채워주는 것은 쉽지요.
나는 이스메노, 미지의 기술을 따르는
나를 시리아인들은 마법사라 불러요.

하지만 내가 미래를 밝히고 감춰진   20
운명의 영원한 책을 펼쳐보는 것은
너무 대담한 욕망이고 높은 일이니,
우리 인간에게는 허용되지 않는다오.

---

4   미래의 일들을 가리킨다.
5   십자군 전쟁을 가리킨다.

이 아래에선 모두 힘과 지혜를 써서
불행과 악에서 살아남으려고 하지요.
종종 강하고 현명한 사람은 행복한
운명을 자기 자신에게 만드니까요.

당신은 프랑스인들의 군대를 쉽게   21
뒤흔들 수 있는 이 불굴의 오른팔을
제공하여 사나운 사람들이 단단하게
포위한 곳을 보강하고 수비할 뿐만
아니라, 무기와 불꽃에 대해 과감히
준비하고 믿음으로 견뎌내기 바라오.
하지만 당신이 원하듯이 안개처럼
내가 희미하게 보는 것을 말하지요.

영원하고 위대한 행성[6]이 여러 해를   22
돌기 전에 탁월한 위업으로 아시아를
장식하고 풍요로운 이집트를 통치할
사람[7]이 내 눈에 보이는 것 같습니다.
평화 시의 업적과 예술 후원뿐 아니라

---

6   태양. 중세에는 태양도 행성으로 간주되었다.
7   당시 이집트와 시리아의 술탄이던 살라딘Saladin(1137~1193)을 가리킨다. 그는 현재의 이
     라크 북부 티크리트 출신 쿠르드 족 무슬림 장군으로 원래의 아랍어 이름은 살라흐 앗딘 유
     수프 이븐 아이유브صلاح الدين يوسف بن أيوب이며, 십자군이 정복했던 예루살렘을 1187년 탈환하
     였다. 그는 현명하고 너그러운 군주로 유럽에도 널리 알려졌으며, 단테도 『신곡』「지옥」 제
     4곡에서 그에 대해 언급하였다.

무수하게 많은 덕성들이 보이는군요.
그에 의하여 그리스도 군대의 힘이
흔들릴 것이라는 말로 충분할 겁니다.

하지만 그 부당한 왕국은 마지막의   23
전투에서 근본부터 뿌리 뽑힐 것이며,
소수의 생존자들은 바다에 의해서만
보호되는 좁은 곳[8]으로 쫓겨날 겁니다.
그가 당신의 후손입니다." 여기에서
늙은 마법사는 멈췄고, 그[9]가 말했다.
"오, 그렇게 선택된 자는 행복하다!"
그는 질투하면서 동시에 행복하였다.

그리고 덧붙여 "좋든 나쁘든 위에서   24
정한 대로 '행운'은 돌아가라고 해요.
나에게는 어떤 능력도 없을 것이며
언제나 불패의 나를 볼 테니까요.
내가 곧은길에서 한 걸음 벗어나기
전에 달과 별들이 자신의 궤도에서
벗어날 것이오." 그렇게 말하면서

---

8 사방이 바다로 둘러싸인 섬을 가리킨다. 십자군의 마지막 보루였던 키프로스 섬은 1571년
    파마구스타 전투를 계기로 투르크인들이 장악하게 되었다.

9 솔리마노.

온통 불타는 열기에 불꽃이 튀었다.

두 사람은 그렇게 이야기하며 높은   25
천막들[10]이 보이는 곳에 가까이 갔다.
얼마나 잔인하고 고통스런 광경인가!
얼마나 다양한 죽음이 거기 있는가!
그러자 솔리마노의 눈이 흐려지며
어두워졌고 얼굴에 고통이 퍼졌다.
예전에 두렵던 자기 깃발이 거기에
오, 얼마나 치욕스럽게 누워 있는가!

그리고 프랑스인들은 즐겁게 달리며   26
자기 친구의 가슴과 얼굴을 밟았고,
묻히지 않은 자들에게서 무례하게
불행한 옷과 갑옷을 벗기기도 했고,
많은 자들이 긴 장례 행렬로 모여
사랑하던 자의 마지막 예식을 했고,
일부는 불을 피웠고 투르크인들과
아랍인들이 뒤섞인 무더기를 태웠다.

그는 깊이 한숨을 쉬었고 검을 빼어   27
마차에서 뛰어나가 달려가고 싶었지만,

10 그리스도 진영.

늙은 마법사가 옆으로 끌어당기면서
어리석은 충동을 꾸짖으며 억제했고,
다시 마차에 올라타게 한 다음 가장
높은 언덕을 향해 달려가게 하였다.
그렇게 얼마 동안 가자 프랑스인들의
진영이 마침내 등 뒤에 남게 되었다.

그래서 마차에서 내리자마자 마차는   28
사라졌고 두 사람은 함께 걸어갔으며,
여전히 안개에 둘러싸인 채 은밀하게
왼쪽으로 어느 계곡을 향해 내려갔고,
마침내 높직한 시온 산이 서쪽으로
등을 돌리고 있는 곳에 도착하였다.
마법사는 거기서 멈추더니 험준한
기슭으로 마치 바라보듯이 다가갔다.

단단한 암벽에는 오랜 세월 전에   29
만들어진 우묵한 동굴이 있었는데,
사용하지 않아서 지금은 가시덤불과
잡초로 길이 막히고 숨겨져 있었다.
마법사는 장애물을 치우고 구부정히
몸을 숙이고 좁은 오솔길로 갔으며,
한 손을 내밀어서 통로를 만들었고
다른 손으로 피곤한 군주를 이끌었다.

그러자 솔리마노는 "이 숨겨진 길은   30
어떤 길입니까? 어디로 가야 하지요?
만약 당신이 양보하면 내가 검으로
혹시 더 나은 길을 열지 모르겠소."
마법사는 "경멸적인 영혼이여, 강한
발로 어두운 길을 가도 경멸하지 마오.
무훈에 있어 커다란 명성을 얻었던
위대한 헤로데[11]도 갔던 길이니까요.[12]

내가 말하는 왕은 자신의 신하들을   31
억제하기 위하여 이 동굴을 팠는데,
이곳을 통하여, 유명한 친구[13] 이름을
따서 안토니아라고 불렀던 요새에서
사람들에게 전혀 보이지 않게 옛날
위대한 성전의 문까지 들어가거나
거기에서 몰래 도시 밖으로 나가고,
사람들을 내보내거나 들어오게 했소.

11 기원전 37년부터 기원전 4년까지 로마의 위임을 받아 팔레스티나의 유대인들을 통치한 왕
으로, 특히 순진한 아기들을 잔인하게 학살한 사건으로 널리 알려져 있다.(『마태오 복음서』
2장 16절 이하 참조)
12 뒤이어 나오는 이야기는 서기 66년 벌어진 유대 전쟁에 대한 기록을 남긴 역사가 플라비우
스 요세푸스Titus Flavius Iosephus(37?~100?)의 『유대 고대사Antiquitates Judaicae』에서
나온 것이다.
13 제2차 삼두정치를 이끌던 안토니우스Marcus Antonius(기원전 82?~30)를 가리키는데, 그는
한때 헤로데의 주요 후원자였다고 한다. 그의 이름을 따서 요새(원문에는 torre, 즉 "탑"으
로 되어 있다.)를 '안토니아'라고 불렀다고 하는데, 안토니우스의 여성 단수 형용사형이다.

하지만 이 외롭고 어두운 길은 지금   32
살아 있는 자들 중에 나만 알고 있소.
이 길로 우리는, 운명의 위협에 아마
필요 이상으로 두려워하는 것 같은
왕이 가장 현명하고 강력한 자들을
소집하는 장소로 가게 될 것입니다.
당신은 아주 필요한 순간에 도착해
듣다가 적시에 대담한 말을 하시오."

그렇게 말했고, 솔리마노는 커다란   33
몸집으로 좁은 동굴을 가득 채웠고,
언제나 어둠이 지배하는 길을 따라
앞에서 안내하는 사람을 뒤따라갔다.
처음에는 몸을 굽히고 갔으나 동굴은
앞으로 나갈수록 더욱더 넓어졌고,
따라서 편안히 몸을 펼 수 있었고
곧바로 어두운 동굴 가운데 있었다.

이스메노는 조그마한 문을 열었고   34
사용되지 않는 계단으로 나갔는데,
높은 곳의 틈에서 아래로 내려오는
불분명하고 어두운 빛이 비추었다.
마침내 둘은 지하의 방에 도착했고
거기서 밝고 고귀한 홀로 올라갔다.

머리에 왕관을 쓰고 홀을 든 왕이
침통한 사람들 사이에 앉아 있었다.

우묵한 안개 속의 강한 투르크인은   35
보이지 않게 주위를 보며 염탐했고,
그러는 동안 왕이 화려하게 장식된
의자에서 먼저 말하는 것을 들었다.
"충실한 자들이여, 정말 우리 제국에
아주 피해가 많은 하루가 지나갔고,
높게 품고 있었던 희망도 무너졌고,
이제는 이집트의 도움만 남아 있소.

하지만 여러분이 보다시피 가까운   36
위험에 희망은 얼마나 멀리 있는지!
그래서 여러분이 각자 자기 의견을
내놓도록 여기에 함께 모인 것이오."
그리고 침묵했고, 떨리는 대기가 숲속
주위에 작은 속삭임을 내는 듯했다.
하지만 아르간테가 대담하고 경쾌한
얼굴로 일어나며 속삭임을 잠재웠다.

"오, 너그러운 왕이시여," 맹렬하고   37
사나운 기사는 그렇게 말을 꺼냈다.
"왜 전혀 감춰지지 않은 것을 말하게

합니까? 왜 이런 말을 해야 하지요?
희망은 단지 우리에게 있을 뿐이오.
아무것도 역량을 해치지 않는다면,
역량으로 무장하고 도움을 청합시다.
우리는 역량만큼 삶을 사랑합니다.

이집트의 확실한 희망에 실망하여   38
내가 이런 말을 하는 건 아닙니다.
만약 왕이 약속한 것이 사실이라면
의심하는 것은 옳지 않기 때문이오.
이런 말을 하는 것은, 모든 운명에
동일하게 준비되어 승리를 약속하고
죽음을 경멸하는 강한 불굴의 정신을
우리들 중에서 보고 싶기 때문이오."

대담한 아르간테는 마치 확실한 것을   39
말하는 사람처럼 단지 그렇게 말했다.
그러자 권위 있는 모습의 오르카노가
일어났는데, 높은 귀족 출신의 그는
일부 무훈으로 예전에는 유명했지만,
지금은 아주 젊은 신부와 결혼하여
자식들과 함께 행복했고, 아버지와
남편의 애정으로 인해 비겁해졌다.[14]

그는 말했다. "오, 왕이시여, 나는   40
마음의 한계들 사이에서 갇혀 있지
못하는 대담함에서 나오는 용감하고
불타는 말을 비난하고 싶지는 않소.
하지만 훌륭한 아르간테가 습관상
정말로 너무 열렬한 말을 한다면,
전투에서도 그런 열기가 동일하게
증명되도록 허용되어야 할 것이오.

하지만 사건과 시간의 흐름 속에서   41
현명해지신 왕께서는 그가 지나치게
그런 열기에 사로잡혀 있는 곳에는
충고의 재갈을 부과해야 할 것이며,
가까운, 아니, 이제는 임박한 위험과
멀리 있는 도움의 희망을 평가하고,
적의 무기와 충동에다 당신의 옛날
성벽과 새로운 보강을 평가해야지요.

내 느낌을 말하는 것이 허용된다면,   42
우리는 위치와 기술이 강한 도시에
있지만,[15] 상대방 적은 크고 강력한

---

14 따라서 오르카노Orcano는 완곡하고 암시적인 표현으로 십자군과의 협상을 제안한다.
15 예루살렘은 자연적인 위치와 보강된 요새들로 강력하게 방어되고 있다는 뜻이다.

공성 기계를 준비해두고 있습니다.
어떻게 될지 저는 모르고, 마르스의
불확실한 판단은 희망이자 두려움이며,
포위가 더욱 강해지게 되면 결국에는
우리에게 식량이 부족할까 걱정이오.

물론 큰 공훈으로 그가 전장에서   43
검을 피로 적시는 데 몰두한 동안,
어제 당신이 성벽 안으로 받아들인
그 가축들과 곡물들은 큰 굶주림에
적은 음식으로, 포위가 지속된다면
이 방대한 도시를 부양할 수 없으며,
이집트 군대가 계획하고 있는 날에
올 때까지는 오래 지속될 것입니다.

하지만 더 늦어진다면? 그의 약속과   44
당신 희망보다 먼저 온다고 합시다.
그래도 나는 포위된 성이 해방되고
승리할 것이라고 생각하지 않습니다.
왕이시여, 우리는 아랍인들, 투르크인들,
시리아인들, 페르시아인들을 여러 번
이미 물리치고 파멸시킨 고프레도와
지휘관들과 병사들과 싸울 것입니다.

용감한 아르간테여, 자주 진영에서   45
그들로부터 물러났으며 등을 돌리고
재빠른 발바닥에만 의존했던 당신이
얼마나 그들이 강한지 잘 알고 있고,
그들과는 자랑하지 않아야 하는 것을
클로린다와 나도 충분히 알고 있소.
우리의 최고 무훈이 얼마나 강한지
증명됐으니 누구도 비난하지 않겠소.

이자[16]는 죽음까지 위협하는 듯하고   46
진실을 듣는 것을 경멸해도 말하겠소.
나는 확실한 증거로 치명적인 적은
피할 수 없는 운명에 의해 움직이고,
사람들이나 강력한 성벽이 그들의
지배를 막을 수 없다고 생각합니다.
왕과 조국에 대한 사랑과 열망에
이렇게 말하니, 하늘이 그 증인이오.

프랑스인들에게 평화와 왕국을 함께   47
협상한 트리폴리 왕은, 오, 현명하다!
그런데 집요한 솔리마노는 지금 죽어
누워 있는지, 예속의 사슬에 발이 묶여

---

16 아르간테.

있는지, 극도의 초라함 속에 소심하고
덧없는 망명을 가고 있는지 모르지만,
일부를 양보했으면 선물과 조공으로
왕국 일부를 구할 수도 있었을 텐데."

그렇게 그는 불확실하고 간접적인   48
말로 화평을 하고 적들에게 예속된
사람이 되자고 완곡하게 말하였으니,
공개적으로 충고할 수 없는 말이었다.
하지만 경멸적인 솔리마노는 그 말에
이제 더 이상 숨어 있을 수 없었고,
마법사가 말했다. "저렇게 말하는데,
편안하게 그대로 놔두고 싶은가요?"

그는 대답하여 "의지와는 상관없이   49
숨어 있고, 분노와 경멸에 불탄다오."
그렇게 말하자마자 바로 그들 주위를
완전히 둘러싸고 있던 안개의 베일이
사라지며 트인 하늘이 맑게 개었고,
그는 밝은 대낮의 빛 속에 있었으며,
담대하게 강력한 얼굴로 갑작스럽게
그들의 한가운데에서 이렇게 말했다.

"지금 말하는 나, 덧없거나 소심하지   50

않은 솔리마노가 여기 앞에 있으며,
겁쟁이에다 거짓말을 하는 사람[17]에게
이 손으로 증명할 것을 제안합니다.
방대한 피의 강물을 흐르게 하였고
평지에 살육의 높은 산을 쌓았으며,
결국에는 동료도 하나 없이 적들의
계곡에 갇혀 있던 내가 도망쳤다고?

만약 그자나 그와 비슷한 다른 자가   51
자기 조국과 믿음을 배신하고 다시
비열하고 치욕적인 협상의 말을 하면
왕이시여, 허락한다면, 내가 죽이겠소.
합의된 의지로 우리가 프랑스인들과
약간의 땅을 공유하기도 전에 벌써
양들과 늑대들이 같은 우리에 있고
뱀과 비둘기가 같은 둥지에 있으리다.”

그렇게 말하면서 그 강한 오른팔은   52
위협적인 태도로 검을 높이 들었고,
그런 말과 그렇게 무서운 얼굴에
모두들 깜짝 놀라 말없이 있었다.
그런 다음 분노가 가라앉은 얼굴로

17 오르카노.

공손하게 왕을 향하여 몸을 돌리고
말했다. "왕이시여, 이 솔리마노가
적지 않은 도움을 주게 될 것이오."

벌써 그를 향해 일어난 알라디노는   53
대답했다. "친구여, 여기에서 보다니
얼마나 기쁜지! 지금 죽은 내 부대가
아깝지 않소. 더 최악이 두려웠다오.[18]
그대는 바로 내 왕국을 강화시키고
잃은 그대 왕국을 되찾을 수 있소,
하늘에서 막지 않는다면." 그러면서
두 팔을 펼쳐 그의 목을 껴안았다.

환대가 끝나자 왕은 자기 자신의   54
옥좌를 솔리마노에게 양보하였으며,
자신은 왼쪽에 있는 고귀한 의자에
앉았고 그 옆에 이스메노가 앉았다.
그리고 함께 말하며 그들의 여행에
대해 물었고, 그는 충분히 대답했고,
도도한 여인[19]이 솔리마노를 맞이하러
맨 먼저 왔고, 다른 사람이 뒤따랐다.

18 예루살렘이 함락될까 두려웠다는 뜻이다.
19 클로린다.

누구보다 먼저 그의 아랍인 부대의   55
지휘권을 맡았던 오르무세가 왔는데,
그는 전투가 더욱 치열해지는 동안
버려진 길들을 통해 어둠과 정적의
도움을 받으면서 멀리 돌아서 갔고
결국 도시 안으로 안전하게 데려갔고,
약탈해온 곡물과 가축들로 굶주린
사람들에게 도움을 주었던 것이다.

단지 강한 키르카시아 사람[20] 혼자만   56
부루퉁하고 경멸적인 얼굴로 남았고,
마치 쉬고 있는 사자처럼 발걸음은
움직이지 않고 눈만 돌리고 있었다.
또한 오르카노는 강한 솔리마노에게
얼굴을 들지 못하고 내리깔고 있었다.
그렇게 팔레스티나 왕과 투르크 왕은
기사들과 함께 모여 앉아 의논하였다.

그동안 고프레도는 패배한 자들을   57
쫓아내고 승리하였고, 자유로운 길을
확보했고, 죽은 병사들에게 신성하고
경건한 마지막 의식[21]을 거행하였으며,

20 아르간테.

이제 남아 있는 자들에게 이틀 후에
공격을 하도록 준비하라고 명령했고,
당당하고 아주 무서운 무장 차림으로
포위된 야만인들에게 위협을 주었다.

그리고 이교도들에 대항하여 자신을   58
도와준 부대가 누구인지 확인했는데,[22]
유혹적인 안내자를 따라갔던, 자신이
가장 사랑하는 기사들이었고, 그들과
함께 거짓말쟁이 아르미다의 성에
포로로 붙잡혀 있던 탄크레디였으니,
단지 은둔자[23]와 일부 현명한 자들만
모여 있는 곳으로 그들을 초대하여

말했다. "부탁하건대, 그대들의 짧은   59
실수의 위험한 과정과, 어떻게 나중에
그렇게 커다란 도움을 유효적절하게
줄 준비가 되었는지 이야기해주오."
그들은 작은 실수의 쓰라린 참회로
부끄러운 얼굴을 내리깔고 있었다.

21 장례식.
22 제9곡 91연 이하 참조.
23 은둔자 피에로(제1곡 29연 참조).

마침내 영국 왕의 명석한 아들[24]이
침묵을 깨고 눈을 들면서 말했다.

"항아리에서 운명에 의해 추첨되자   60
우리는 아모르와 유혹하는 아름다운
얼굴의 거짓 안내를 따라 나름대로
몰래 갔습니다. 부정하지 않겠어요.
우리는 외지고 굴곡진 길로 갔는데,
우리 사이에 질투와 불화가 있었지요.
뒤늦게 깨달았지만, 우리는 애교나
말에 이끌려 사랑과 경멸을 길렀소.

마침내 옛날 하늘에서 엄청난 불이   61
쏟아져 내렸고, 자연의 모욕에 대해
너무 집요하게 죄를 지은 사람들에게
복수했던 장소[25]에 우리는 도착했어요.
전에는 풍부한 땅, 부자 고장이었으나
지금은 역청 같고 뜨거운 물이 있는
불모의 호수가 얼마나 느리게 도는지
대기는 빽빽하고 악취가 맴돈답니다.

---

24 굴리엘모(제1곡 32연 참조).
25 하늘에서 유황과 불이 쏟아져 죄지은 사람들을 멸망시킨 소돔과 고모라를 가리킨다.(『창세
　　기』 19장 24절 참조) 뒤이어 묘사되는 호수 또는 늪은 근처에 있는 사해를 가리킨다.

이 늪에는 무거운 것을 안에 던져도　　　　　　62
바닥까지 도달하는 것이 전혀 없고,
가벼운 전나무나 물푸레나무와 같이
사람이나 강한 쇠, 돌이 위에 뜨지요.
그 안에 성이 하나 있고, 작고 좁은
다리가 방문자를 건너가게 합니다.
그 안으로 갔는데, 어떤 기술인지
안에는 멋지고 사방이 아늑했어요.

그곳 공기는 부드럽고, 하늘은 맑고,　　　　63
초목은 경쾌하고, 파도는 부드럽고,
매우 아늑한 도금양나무 숲 안에는
샘이 솟아 조그마한 개울을 이루고,
풀밭 한가운데로는 나뭇잎의 달콤한
속삭임과 함께 편한 잠이 쏟아지고,
새들이 지저귀고, 대리석과 황금은
놀라운 기술로 정교하게 조각되었어요.

그늘이 짙게 드리우고 맑은 물소리에　　　　64
가까운 풀밭 위에다 정교하게 조각된
접시들 위에 귀하고 선택된 음식들이
풍부하게 차려진 연회를 준비했어요.
여기에 모든 자연이 제공해주는 것,
땅이 선물하거나 바다가 보내는 것,

기술이 양념하는 것이 있었고, 많은
아름다운 시녀들이 시중을 들었어요.

그녀는 부드러운 말과 멋진 미소를   65
치명적이고 사악한 음식에 섞었지요.
모두 아직 식탁에 앉아 긴 불꽃[26]과
함께 긴 망각을 마시는 동안, 그녀가
일어나 말했어요. '곧 올게요.' 다시
왔는데 평온한 얼굴이 아니었습니다.
한 손으로 작은 막대기를 흔들었고
다른 손으로 책을 들고 읽었지요.

마녀가 읽는 동안 내 생각과 의지,   66
생명과 환경[27]이 바뀌는 걸 느꼈어요.
(이상한 힘이여!) 나는 물로 뛰어들고
싶은 생각에 뛰어들었고 잠겼지요.
다리가 어떻게 안으로 들어갔는지,
두 팔이 어떻게 등으로 들어갔는지,
짧고 좁아졌고, 피부 위에는 비늘이
돋았고, 사람에서 물고기가 되었어요.

26 사랑의 불꽃.
27 원문에는 albergo, 즉 "주거지" 또는 "집"으로 되어 있다.

그렇게 다른 사람들도 모두 변했고   67
생생한 은빛으로 함께 헤엄쳤답니다.
당시 내가 어땠는지, 얼마나 헛되고
어리석은 꿈이었는지 이제 기억나요.
마침내 우리 얼굴을 되찾게 했지만,
그녀가 위협적인 표정으로 이렇게
말하며 슬프게 만들었을 때 우리는
깜짝 놀라고 당황해 말이 없었어요.

'이제 너희들에게 얼마나 마음대로   68
할 수 있는지 내 능력을 알 것이야.
누가 영원한 감옥에서 맑은 하늘을
잃을지, 누가 새가 될지, 또 누가
땅속에서 뿌리가 되어 싹이 날지,
아니면 단단한 돌이 될지, 부드러운
샘물이 될지, 털이 난 얼굴을 입게
될지 모두가 내 의지에 달려 있어.

너희가 내가 원하는 대로 봉사하면   69
내 무서운 증오를 피할 수가 있는데,
이교도가 되어[28] 우리 왕국을 위하여
악한 고프레도에게 검을 쓰는 것이야.'

28 말하자면 이슬람교로 개종하여.

우리는 모두 치욕적 조건을 거부하고
혐오했고, 단지 람발도만 설득했어요.
우리는 방어할 수 없이 빛살이 없는
어느 동굴에 밧줄로 묶여 있었어요.

그리고 우연하게 탄크레디가 똑같은   70
성에 왔고, 그도 포로가 되었습니다.
사악한 마녀는 잠시 우리를 감옥에
가두었고, 내가 들은 소식에 의하면,
다마스쿠스 군주[29]의 전령이 무장한
기사 백 명으로 사슬에 묶인 우리를
이집트 왕에게 선물로 데려갈 수 있는
허락을 마녀에게 얻었다는 것입니다.

그렇게 우리는 갔고, 높으신 하늘의   71
섭리가 명령하고 움직이는 데 따라,
언제나 탁월하고 새로운 무훈으로
더욱 명예를 높이는 훌륭한 리날도가
우리와 부딪치게 되었고, 호위하던
기사들을 공격하여 능력을 보였으니,
죽이고 승리했고, 전에 우리 것이던
그들의 갑옷을 우리가 입게 했지요.

29 이드라오테.

나와 이들이 보았듯이, 우리는 그의　　　　　　　　　72
도움을 받았으며 목소리를 들었어요.
그러니 여기에 나쁜 소식을 전하는
소문[30]은 거짓이고, 그는 살아 있어요.
그가 안내자와 함께 안티오키아로
가기 위해 우리와 헤어진 지 오늘이
사흘째인데, 그 전에 피에 젖었으며
찢어진 갑옷을 벗어서 내버렸답니다."

그렇게 말하였고, 그동안 은둔자는　　　　　　　　　73
하늘을 향해 이쪽저쪽 눈을 돌렸다.[31]
예전의 얼굴이나 빛깔이 아니었으니,
오, 얼마나 신성하고 놀라운 빛인가!
은총에 가득하고 열망에 사로잡혀
천사들의 마음 옆으로 인도되었고,
그의 눈앞에 미래가 열리고 세월과
시간들의 영원함 속으로 들어갔으며,

그의 입이 놀라운 소리로 풀리면서　　　　　　　　　74
앞으로 일어날 일을 드러내 보였다.
모두들 그의 모습을 보며 이례적인

---

30 리날도가 목이 잘린 시체로 발견되었다는 소문(제8곡 47연 이하 참조).
31 이어서 은둔자 피에로는 종교적 황홀경에 빠지고, 리날도와 데스테 가문의 미래를 예언한다.

천둥 같은 목소리에 귀를 기울였다.
"리날도는 살아 있고, 다른 것들은
속임수 마녀의 마법과 거짓말이다.
살아 있고, 하늘은 아직 젊은 삶을
더 성숙한 영광을 위해 간직하신다.

지금 아시아가 알고 있고 기억하는   75
그의 젊은 위업들은 그 전조들이다.
내가 분명히 보는데, 세월이 흘러서
사악한 황제[32]에 대항하여 지배하고,
그의 독수리[33]는 사악한 독수리의
발톱으로부터 빼앗은 교회와 로마를
은빛 날개의 그림자 아래에 보호하며,
그에게서 뛰어난 후손이 태어나리라.

그에게서 나올 아들들의 아들들은   76
명백하고 기억할 예를 보일 것이며,

---

32 원문에는 Augusto, 즉 "아우구스투스"로 되어 있는데, '카이사르'와 함께 황제를 뜻하기
도 한다. 여기에서는 신성 로마 제국의 황제였던 일명 '붉은 수염Barbarossa' 프리드리히
Friedrich 1세(1122~1190)를 가리킨다. 그는 교황 알렉산데르 3세(재위 1159~1181)와 대
립 관계에 있었고, 로마에 대항하기 위해 무려 여섯 번이나 이탈리아에 침입하였다. 여기
에서 타소가 이야기하는 리날도의 업적은, 데스테 가문의 역사를 기술한 조반 바티스타 피
냐Giovan Battista Pigna(1529~1575)에 의하면, 베르톨도의 다른 아들 리날도가 세운 업
적이라고 한다.
33 데스테 가문의 문장인 독수리를 가리키며, 뒤이어 말하는 "사악한 독수리"는 프리드리히 1
세 황제를 가리킨다.

옳지 않은 황제들과 반역자들로부터
성직[34]과 신성한 성전을 보호하리라.
오만한 자를 누르고 약한 자를 높이며,
순진한 자를 지키고 나쁜 자를 벌하는
그들 임무를 통해, 데스테의 독수리는
태양의 길을 넘어서 날아갈 것이다.

빛과 진리를 바라보면서 교황[35]에게   77
치명적인 무기를 제공하는 것은 옳다.
그리스도를 위해 싸우는 곳에 언제나
불패와 승리의 날개를 펼쳐야 하니,
그것은 하늘에서 숙명적인 율법으로
고귀한 본성으로서 주셨기 때문이다.
그러니 이 합당한 위업에서 그가 떠난
곳으로 돌아오기를 위에서 원하신다."

그 놀라운 주제에 압도된 피에로는   78
놀라 침묵했고, 얼굴 표정에 드러난
마음은 데스테 가문의 너무 위대한
업적을 생각하면서 마음이 불편했다.[36]

---

34 원문에는 mitra로 되어 있는데, 교황이나 추기경, 주교가 예식 때 쓰는 모자를 가리킨다.
35 원문에는 Pietro, 즉 "베드로"로 되어 있다.
36 데스테 가문에 대한 너무 놀라운 예언이 부적절하다고 생각했다는 뜻이다.

그동안 밤이 되었고, 검은 베일이
허공으로 퍼지며 넓은 땅을 덮었고,
사람들은 떠나 사지를 잠에 맡겼지만
그는 자기 생각을 잠재우지 못했다.

제11곡

은둔자 피에로의 충고에 따라 그리스도교 진영은 성스러운 행렬을 이루어 올리브 산
으로 가서 미사를 거행하고 기도를 한다. 고프레도를 선두로 그리스도교 진영은 예루
살렘을 공격하고. 공성 기계로 성벽을 부수려고 하지만 솔리마노와 클로린다, 아르간
테의 활약으로 성공하지 못한다. 격렬하게 진행되던 전투는 밤이 되면서 중단된다.

그동안 그리스도 군대의 대장은   1
모든 생각을 공격에 집중하였기에
전쟁 기계들을 준비하고 있었는데,
그에게로 은둔자 피에로가 왔으며
한쪽으로 데리고 가더니 정중하고
엄격하게 그에게 이렇게 말하였다.
"대장께서 지상의 무기를 옮기지만,
필요한 곳에서 시작하지 마십시오.

시작은 하늘의 것이오. 그보다 먼저   2
공개적이고 경건한 기도로 천사들과
성인들의 군대에게 부탁해 그들이
줄 수 있는 승리를 간청하십시오.
성복 차림의 성직자들과 자비로운
화음으로 간청하는 노래가 앞서고,

영광스럽고 대담한 당신들을 따라
경건한 군중이 우리를 따를 것이오."

엄격한 은둔자는 그렇게 말하였고   3
고프레도는 현명한 충고를 따랐다.
"나는 예수님의 경건한 하인으로
당신의 충고를 기꺼이 뒤따르겠소.
내가 지휘관들을 소집하는 동안에
당신은 굴리엘모와 아데마로[1] 같은
민중의 목자들을 모으고, 신성한
의식은 당신이 준비하도록 하시오.

다음날 아침 은둔자는 두 중요한   4
성직자와 다른 하위의 성직자들을
진영에서 신성한 의식을 거행하는
성스러운 장소에 모이도록 하였다.
다른 자들은 하얀 성의를 입었고,
두 목자는 하얀 상의 위에서 갈라져
가슴에서 걸쇠로 채워지는 황금빛
망토를 입었으며, 주교관을 썼다.

피에로는 혼자 앞장서서 천국에서   5

1   제1곡 38연 참조.

존경받는 표식[2]을 바람에 펼쳤으며,
합창대가 기다란 두 줄로 나뉘어
장중하고 느린 걸음으로 뒤따랐고,
겸손한 얼굴로 탄원하는 노래를
번갈아가며 이중창으로 노래했고,
굴리엘모와 아데마로 주교가 함께
행렬을 마무리하면서 나란히 갔다.

그 뒤에 고프레도가 왔는데 대장의   6
관례대로 옆에는 동료가 없었으며,
지휘관들은 두 명씩 왔고, 진영이
무장을 한 채 질서 있게 나아갔다.
그렇게 집합된 부대는 참호들로
둘러싸인 곳에서 나와 행진했고,
나팔이나 다른 무서운 소리 없이
경건하고 소박한 소리만 들렸다.

당신 성부와 성자, 그리고 그 둘의   7
결합된 사랑으로 오는 성령이시여,
사람과 하느님의 처녀 어머니시여,
그들은 희망에 자비를 기원합니다.
세 겹의 서열로 된 하늘의 눈부신

2 십자가.

부대들을 움직이는 지휘관들[3]이여,
그 신성한 이마의 순수한 신성함을
샘에서 씻어준 당신 성 요한[4]이여,

기도합니다. 당신에 합당한 새로운   8
후계자가 지금 은총과 용서의 문을
열어주는 하느님의 집에서 강하고
견고한 주춧돌이자 받침대인 당신,[5]
그리스도의 복음[6]을 널리 확산시킨
천상 왕국의 다른 심부름꾼들[7]이여,
또 피와 순교의 증인으로서 진리를
확인하기 위하여 뒤따른 자들[8]이여,

그리고 펜이나 이야기로 잃어버린   9
천국의 길을 가르쳐준 사람들[9]이여,

---

3 천사들의 부대, 즉 "하늘의 눈부신 부대들"을 이끄는 미카엘, 가브리엘, 라파엘 대천사를
   가리킨다. 중세 유럽의 관념에서 천사들은 세 계층으로 나뉘고, 각 계층은 다시 세 가지 서
   열로 나뉘어 모두 아홉 등급으로 분류되었다.
4 원문에는 Divo, 즉 "신 같은 사람"으로 되어 있는데, 예수에게 세례를 준("샘에서 씻은") 세
   례자 요한을 가리킨다.
5 교회("하느님의 집")의 수장인 성 베드로.
6 원문에는 vincitrice morte, 즉 "승리의 죽음"으로 되어 있는데, 그리스도의 죽음으로 인간
   의 원죄를 씻고 구원의 길을 열어주었기 때문에 그렇게 부른다.
7 사도들.
8 순교자들.
9 글과 설교로 구원의 길을 가르친 초기 교회의 교부들.

그리스도의 사랑을 받으며 고귀한
삶의 선을 선택한 충실한 시녀[10]여,
그리스도께서 고귀한 혼인을 하는
정숙한 방 안에 갇힌 처녀들[11]이여,
왕들과 사람들에 신경 쓰지 않고
고통에 대담한 다른 여인들[12]이여.

그렇게 노래하며 경건한 사람들은   10
커다랗게 돌면서 퍼지고 나아갔고
느린 걸음으로 올리브 산을 향했다.
올리브나무에서 이름을 딴 그 산은
신성한 명성으로 세상에 알려졌는데,
성벽을 마주보며 동쪽으로 올라가고
단지 성벽에 의해 나뉘고 분리되어
어두운 여호사팟[13]이 가운데 있었다.

그곳으로 노래하는 행렬은 향했고   11
그리하여 낮고 깊은 계곡이 울렸고,

---

10 관조적인 삶의 예로 간주되는 베다니의 마리아(「루카 복음서」 10장 39~42절 참조).

11 수녀원의 수녀들.

12 순교의 고통을 대담하게 직면한 여인들.

13 『성경』에 나오는 최후의 심판이 이루어지는 곳(「요엘기」 4장 2절) 또는 "결판의 골짜기"(「요엘기」 4장 14절)이다. 전통적으로 유대인들은 예루살렘 동쪽과 올리브 산 사이의 골짜기로 보았으며, 「열왕기 하권」 23장 4절에서 언급되는 "키드론 들판"과 동일한 곳으로 간주되기도 한다.

높직한 언덕들과 그곳의 동굴들은
온 사방에서 메아리로 대답하였고,
마치 숲속의 합창대가 그 동굴이나
그 나뭇잎들 사이에 숨어 있으면서
그리스도나 마리아의 위대한 이름을
맑게 반복하는 소리가 들리는 듯했다.

그동안에 이교도들은 성벽 위에서   12
느리게 도는 행진과 소박한 노래들,
이례적인 화려함과 특이한 의식을
깜짝 놀라 말없이 바라보고 있었다.
그러다 그 신성한 장관의 놀라움이
끝난 다음 그들 천박한 이교도들은
함성을 질렀고, 욕과 모욕의 강물이
커다란 계곡과 산을 울리게 하였다.

그래도 예수님의 사람들은 감미롭고   13
정숙한 멜로디를 중단하지 않았으며,
시끄러운 새들 무리 같은 그 함성에
몸을 돌리거나 신경을 쓰지 않았다.
화살들을 쏘더라도 신성한 평화를
깨뜨릴까 두려워하지 않을 정도로
멀리 있었고, 따라서 시작된 신성한
노래를 끝까지 마무리할 수 있었다.

그리고 산 위에다 사제에게 위대한   14
성찬[14]의 식탁이 되는 제단을 차렸고,
양쪽 옆에는 황금빛으로 눈부시게
타오르는 고귀한 불꽃을 준비했다.
거기에서 굴리엘모는 다른 황금빛
제의를 입고 먼저 말없이 생각했고,
이어 맑은 목소리로 고백의 기도[15]와
감사의 기도를 낭송하여 올렸다.

주위 가까운 자들은 겸손하게 듣고   15
멀리 있는 자들은 눈으로만 보았다.
하지만 순수한 희생의 높은 신비를
거행한 다음 "가시오."[16] 하고 말했고,
병사들 대중을 바라보며 사제로서
손을 들고 그들에게 축복을 내렸다.
그러자 경건한 부대들은 조금 전
자신들이 왔던 길로 되돌아갔다.

진영에 도착하여 대열을 해산하고   16

---

14 성체성사(聖體聖事).
15 원문에는 se stesso accusa, 즉 "자기 자신을 고발하고"로 되어 있다.
16 원문에는 Itene로 되어 있는데, 미사가 끝난 다음 사람들에게 하는 말로 원래의 라틴어 구
       절은 Ite, missa est이며 "미사가 끝났으니 가십시오."를 뜻한다. 우리나라 가톨릭교회에서
       는 "미사가 끝났으니 가서 복음을 전합시다." 하고 말한다.

고프레도는 자기 천막으로 향했고,
많은 병사들이 빽빽한 무리를 지어
천막의 가장자리 근처까지 따라갔다.
여기에서 다른 자들은 되돌아갔고
고프레도는 지휘관들만 남게 하여
함께 식사를 하자고 했고, 맞은편에
툴루즈의 늙은 백작이 앉도록 했다.

먹을 것에 대한 자연스러운 사랑과   17
귀찮은 갈증이 충분히 해소된 다음[17]
대장은 지휘관들에게 "내일 새벽에
여러분 모두 공격할 준비를 하시오.
내일은 전쟁과 땀의 날이 될 것이고
오늘은 휴식과 준비의 날이 될 거요.
그러니 모두 가서 쉬고, 그런 다음
자신과 자기 병사들을 준비하시오."

그들은 인사를 했고, 이어 전령들은   18
나팔 소리로 날이 새면 모든 병사가
서둘러 무장을 갖추고 준비를 해야
한다는 것을 분명하게 알려주었다.
그렇게 그날 일부는 쉬고, 일부는

---

17 그러니까 먹고 마신 뒤에.

작업에 몰두하고 계획에 몰두했고,
마침내 휴식의 친구인 조용한 밤이
노고에 새로운 휴식을 주게 했다.

아직 새벽은 불확실했고, 동쪽에서   19
하루의 시작은 아직 불충분하였고,
단단한 쟁기는 땅을 가르지 않았고,
목동은 아직 풀밭으로 가지 않았고,
새들은 가지 위에 안전하게 있었고,
숲에 뿔 나팔과 짖는 소리가 없을 때[18]
새벽 나팔 소리가 울리기 시작했고,
"무장하라! 무장하라!" 하늘이 울렸다.

"무장하라! 무장하라!" 많은 부대의   20
일제 함성이 곧바로 반복해 말했다.
강한 고프레도는 일어났고 예전의
큰 갑옷이나 정강이받이[19]가 아니라
다른 갑옷으로 무게가 아주 가벼운
갑옷을 입었고, 그 가볍고 재빠른
무장으로 보병 병사처럼 보였을 때,
훌륭한 라이몬도가 그에게로 왔다.

18 사냥꾼이 부는 뿔 나팔 소리와 사냥개들이 짖는 소리가 들리지 않았다는 뜻이다.
19 갑옷의 일부로 다리를 보호한다.

대장이 그런 방식으로 무장한 것을 21
보고 그는 대장의 생각을 이해했다.
"무겁고 단단한 갑옷은 어디 있어요?
다른 튼튼한 갑옷은 어디 있습니까?
왜 가볍게 나갑니까? 그렇게 약한
차림으로 나가는 것은 좋지 않아요.
그런 차림으로 당신이 소박한 영광을
원한다는 것을 나는 잘 이해하겠어요.

세상에! 무엇을 찾고 있어요? 성벽을 22
오르는 소박한 영광? 다른 병사들이
오르고, 덜 가치 있는 자는 전투에서
각자 합당한 위험에 노출되게 해요.
다시 예전의 당신 갑옷을 입으세요.
우리를 위해 당신을 보살펴야 해요.
진영의 마음이자 생명인 당신 영혼을
하느님을 위해 신중하게 보존하세요."

그러자 대장은 "당신은 알아야 하오. 23
클레르몽에서 위대한 우르바누스²⁰께서

---

20 클레르몽Clermont은 프랑스 중부 내륙의 도시로 제1차 십자군 전쟁의 출발지였다. 현재는
이웃 도시 몽페랑Montferrand과 합쳐져 클레르몽페랑Clermont-Ferrand이 되었다. 프랑스
출신 교황 우르바누스Urbanus 2세(재위 1088~1099)는 1095년 클레르몽 공의회에서 십자
군을 일으키라고 호소하였다.

전능한 손으로 이 검을 채워주고
나를 경건한 기사로 만드셨을 때,
나는 여기에서 대장의 일뿐 아니라
만약에 필요할 경우라면 언제든지
평범한 병사로 무기와 힘을 쓰겠다고
마음속으로 하느님께 맹세했습니다.

그러니까 나의 모든 병사들이 적에   24
대항하여 움직이고 배치되고, 따라서
군대의 대장으로서 마땅히 해야 할
임무들을 내가 충분히 완수한 뒤에는
나도 싸우면서 함께 성벽으로 가고,
나를 보호해주시고 돌보아주시는
하느님께 약속한 것을 지키는 것이
옳지요. 그대도 반대하지 않으리라."

그렇게 결론지었고, 프랑스 병사들은   25
고프레도와 두 형제[21]를 뒤따랐으며,
다른 군주들 일부도 가벼운 갑옷을
입은 보병 병사 모습으로 나타났다.
그러는 동안에 이교도들은 성벽이

21 발도비노(제1곡 9연 참조)와 에우스타치오(제1곡 54연 참조).

차가운 일곱 개의 별들[22]로 향하고
서쪽으로 도는 곳으로 올라갔으니,
쉽고 덜 안전한 곳이었기 때문이며,

예루살렘에서 다른 곳은 어떤 적의   26
공격도 걱정할 필요가 없기 때문이다.
거기에 사악한 폭군은 강력한 부대와
용병들을 함께 집결했을 뿐 아니라,
마지막 행운으로 어린이와 노인까지
지극히 힘든 노고에 동원해두었고,
그들은 강한 병사들에게 석회, 유황,
역청, 돌멩이, 화살을 운반해주었다.

그리고 아래에 들판이 있는 그곳의   27
성벽을 무기와 기계로 가득 채웠고,
거기에서 솔리마노는 무서운 거인의
모습으로 허리 위로 드러나 보였고,
흉벽 사이에는 위협적인 아르간테가
높게 서 있어서 멀리에서도 보였고,
아주 높게 솟은 '모퉁이 탑'[23] 위에는
모두 위에 탁월한 클로린다가 보였다.

---

22 북쪽 하늘에 있는 작은곰자리 또는 북두칠성의 별 일곱 개를 가리킨다.
23 제3곡 64연 참조.

그녀의 등에는 날카로운 화살들이   28
무겁게 가득한 통이 매달려 있었고,
벌써 손에 활을 들고 있는 그녀는
화살을 시위에 재어 당기고 있었고,
상처를 입히려는 아름다운 궁수로
길목에서 적들을 기다리고 있었다.
하늘의 높은 구름 사이에서 화살을
쏘는 델로스의 처녀[24]로 믿을 만했다.

그 아래에서는 늙은 왕이 이 문에서   29
저 문으로 걸어갔고, 성벽 위에서는
이전에 명령한 것을 자세히 살폈고,
방어자들을 위로하고 안심시켰으며,
이쪽에는 사람을 보강했고, 저쪽에는
무기를 보냈고, 모든 것을 보살폈다.
하지만 괴로운 어머니들은 성전으로
달려가 사악한 거짓 신에게 기도했다.

"오! 주님, 정의롭고 강력한 손으로   30
프랑스 약탈자들의 창을 부러뜨리고,
당신의 위대한 이름을 많이 모독한
그들을 성문 아래로 쓰러뜨려 주소서."

24 그리스 신화에서 델로스 섬에 태어난 처녀 신 아르테미스(로마 신화에서는 디아나).

그렇게 기도했지만, 저 아래 영원한
죽음의 눈물 속에서도 듣지 않았다.[25]
도시에서 준비하고 기도하는 동안
고프레도는 병사와 무기를 배치했다.

그는 멋진 전략으로 아주 현명하게   31
보병 부대를 밖으로 나가게 하였고,
병력을 비스듬하게 양쪽으로 나누어
성벽을 공격할 수 있도록 배치했다.
한가운데에는 투석기와 다른 무서운
전쟁 장비들을 정면으로 배치하여
마치 번개처럼 방어벽의 꼭대기로
돌이나 창을 쏠 수 있도록 하였다.

그리고 보병들을 뒤에서 보호하게   32
기병대를 배치했고 전령들을 보냈다.
그런 다음 전투 시작 신호를 했으니
궁수들과 무릿매 병사들이 많았고,
기계에서 날아가는 많은 무기들은
방어벽 너머 수비자들을 약화시켰다.
일부는 죽고 일부는 그곳을 떠났고
벌써 성벽 위에는 덜 **빽빽**하였다.

---

25 지옥에서도 그 기도를 들어주지 않았다는 뜻이다.

프랑스 병사들은 격렬하고 빠르게   33
최대한 신속하게 발걸음을 서둘렀고,
일부는 방패에다 방패를 함께 겹쳐
그것으로 머리 위에 덮개로 삼았고,
일부는 공성 기계들 아래에 엎드려
타격들의 우박으로부터 피하였고,
해자에 도착하여 깊게 파인 곳을
채워서 평평하게 만들려고 하였다.

장소가 허용하지 않아서 웅덩이는   34
진흙이나 물로 채워져 있지 않았고,
따라서 넓고 깊었지만 돌과 나무와
관목과 흙덩어리로 채울 수 있었다.
그동안 용감한 알카스토[26]는 맨 먼저
머리를 내밀고 사다리를 세웠으며,
강한 타격이나 뜨거운 역청의 비도
위로 올라가는 그를 막지 못하였다.

그 용감한 스위스 대장은 사다리[27]를   35
절반 이상 높이 올라간 것이 보였고,
많은 화살의 표적이지만 어떤 화살도

---

26 제1곡 63연 참조.
27 원문에는 l'aereo calle, 즉 "허공의 길"로 되어 있다.

그 대담한 걸음을 세우지 못했을 때
둥글고 아주 무거운 돌멩이가 마치
대포에서 나온 것처럼 아주 빠르게
투구를 맞춰 아래로 떨어뜨렸는데,
키르카시아 기사[28]가 던진 것이었다.

죽지 않았지만 무거운 타격과 추락에   36
정신을 잃고 꼼짝 않고 누워 있었다.
그러자 아르간테는 커다란 목소리로
"첫째가 쓰러졌으니, 누가 둘째냐?
엎드린 병사들아, 나는 숨지 않는데,
왜 드러내고 나와 공격하지 않느냐?
이상한 보호벽은 아무 소용이 없고
동굴 속의 짐승처럼 죽게 될 것이다."

그는 그렇게 말했고 그 말에도 숨은   37
병사들[29]은 멈추지 않았고, 은신처와
높이 든 방패들 사이에 한데 모여서
화살들과 무거운 무게를 막아냈으며
공성 기계[30]를 성벽에 접근시켰는데,

---

28 아르간테.
29 겹쳐 막은 방패들과 은신처에 숨은 그리스도 병사들.
30 원문에는 ariete로 되어 있는데 원래 '숫양'을 뜻한다. 여기에서는 성문이나 성벽을 부수기
　 위한 공격 무기를 가리킨다. 본문에서 설명하듯이 기다란 나무 기둥 끝에다 숫양 머리 모

끝에다 숫양의 머리처럼 단단한 쇠를
덧댄 아주 큰 기둥으로 만든 기계로
성벽과 성문이 그 충격을 두려워했다.

그동안 필요에 준비된 많은 손들이   38
위에서 엄청난 바위를 굴려 보냈고,
그것은 빽빽한 거북등 방패 위로
마치 산이 무너지듯이 굴러왔으며,
서로 연결된 방패들을 와해시키며
많은 투구들과 머리들을 깨뜨렸고,
땅에는 무기와 피와 뇌와 뼈들이
사방에 흩어지고 빨갛게 물들었다.

그러자 공격자들은 기계들의 보호   39
아래에서 더 이상 숨어 있지 않고,
숨은 위험[31]에서 공개적인 위험으로
밖으로 나와 자기 역량을 선언했다.
일부는 사다리를 세우고 올라갔고,
일부는 경쟁하듯 성벽을 타격했다.[32]

양의 쇠를 덧대어 성문이나 성벽에 부딪쳐 부수게 되어 있다. 이 무기에 대해서는 「에제키
엘」 4장 2절에서도 언급되는데 한국 천주교 주교회의의 새 번역 『성경』(2005)에서는 "성벽
부수는 기계"로 옮겼다.

31 공성 기계나 방패 뒤에 숨어 있으면서 맞이하는 위험을 말한다.

32 공성 기계로 성벽을 타격하여 무너뜨리려고 했다는 뜻이다.

벌써 성벽이 무너지고 프랑스인들의
충격에 무너진 옆구리가 드러났다.

그리고 숫양 공성 기계를 두 배로   40
늘린 엄청난 타격에 무너졌을 텐데,
성벽 위에 지키는 병사들도 노련한
전략과 경험으로 잘 방어하였으니,
큰 공성 기둥이 부딪치는 곳마다
양모 천들을 사이에다 늘어뜨려서
그것으로 타격을 받게 하여 보다
느려진 타격이 약해지게 만들었다.[33]

그러한 전략으로 대담한 부대들이   41
성벽의 싸움에 집중하여 있는 동안,
클로린다는 일곱 번 몸을 숙였으며
일곱 번 시위를 놓아 화살을 쏘았고,
일곱 번 화살은 아래로 날아갔으며
화살촉과 깃털이 피로 붉게 젖었다.
그녀는 평범한 표적을 경멸하였기에
병사가 아닌 중요한 사람의 피였다.

클로린다에게 부상을 당한 첫 번째   42

33 성벽과 공성 기계 사이에 늘어뜨린 양모 천이 충격을 흡수하여 약해지게 했다는 뜻이다.

기사는 영국 왕의 작은아들[34]이었다.
그는 숨은 곳에서 머리를 내밀자마자
치명적인 화살이 그에게로 내려왔고,
그의 오른쪽 손을 뚫고 지나갔으니
강철 장갑은 아무런 소용이 없었고,
결국 그는 싸움을 할 수 없게 되어
고통보다도 분노에 떨면서 물러났다.

해자 옆에 앙부아즈의 훌륭한 백작,[35]   43
그는 목과 등을 관통당하여 죽었고,
사다리 위의 프랑스인 클로타레오,[36]
그는 옆구리를 관통당하여 죽었다.
플랑드르 백성의 군주[37]는 공성기를
밀다가 왼쪽 팔에 화살을 맞았는데,
걸음을 늦추면서 화살을 뽑으려고
하였지만 화살촉이 살 속에 남았다.

멀리에서 격렬한 싸움을 바라보던   44
경솔한 아데마로에게도 그 치명적인
화살이 날아왔으며 이마를 맞혔다.

34 굴리엘모(제1곡 32연 참조).
35 스테파노(제1곡 62연 참조).
36 제1곡 37연 참조.
37 로베르토(제1곡 44연 참조).

맞은 곳으로 오른손을 뻗었을 때
곧바로 새로운 화살이 날아왔으며
그 오른손과 얼굴을 함께 뚫었고,
그는 쓰러져 자신의 신성한 피로
여인의 무기를 널찍하게 적셨다.

방어벽 가까운 곳에서 팔라메데[38]가   45
대담하게 모든 위험을 경멸하면서
가파른 사다리에 발을 딛는 동안
일곱째 화살[39]이 오른쪽 눈을 맞히고
우묵한 동공을 꿰뚫고 들어가 눈의
신경들 사이로 지나치며 목덜미 뒤로
빨갛게 젖어 나왔고, 그는 떨어졌고
공격하던 성벽의 발치에서 죽었다.

그녀가 그렇게 쏘는 동안 고프레도는   46
새로운 공격으로 방어자들을 압박했다.
공성 기계들 중에서 가장 큰 것을
어느 성문 가까이까지 끌고 갔는데,
그 나무로 만든 탑은 성벽 꼭대기와
거의 비슷할 정도로 높이 솟았으며

---

38 제1곡 55연 참조. 방어벽에서 가깝다는 것은 그가 성벽 꼭대기에 가깝게 접근했다는 뜻이다.
39 하지만 앞에서 화살을 맞았다고 거론된 인물은 모두 다섯 명이다.

병사들과 무기로 무거운 탑인데도
바퀴로 움직여 끌고 갈 수 있었다.

그 움직이는 탑은 창들과 화살들을   47
쏘면서 최대한 가까이 다가갔으니,
마치 배와 배가 싸울 때 그러듯이
맞은편 성벽과 연결하려고 했지만,
방어하는 자들은 그것을 저지하려고
앞면과 양쪽 옆구리를 공격하였고
창으로 밀어내고, 돌로 때로는 탑의
바퀴를, 때로는 꼭대기를 가격했다.

때로는 이쪽, 때로는 저쪽에서 많은   48
돌과 화살이 날아가 하늘을 가렸고,
두 구름[40]이 허공에서 부딪쳐 때로는
화살이 떠났던 곳으로 되돌아왔다.
마치 나뭇가지들이 차가운 추위로
단단해진 비에 잎사귀를 떨쳐내면,
아직 설익은 과일들이 떨어지듯이
사라센인들이 성벽에서 떨어졌으니,

쇠 갑옷으로 제대로 무장되지 않은   49

40 돌과 화살들의 구름.

그들에게 피해가 많았기 때문이다.
아직 산 자들은 쏟아지는 엄청난
타격들에 놀라 달아나기 시작했다.
하지만 니카이아의 왕이었던 자[41]는
살아남은 대담한 자들을 남게 했고,
강력한 아르간테는 큰 기둥을 들고
적의 탑을 향해 맞부딪쳐 달려갔고,

탑을 힘껏 밀쳐내 전나무 기둥과   50
강한 팔만큼 멀리 멀어지게 했다.
도도한 여인[42]도 그곳으로 내려왔고
함께 적들을 위험하게 만들었다.
그동안 프랑스 병사들은 기다란
낫으로 매달린 양모 천의 밧줄과
끈을 잘라 땅으로 떨어지게 했고,
성벽은 공격 앞에 무방비가 되었다.

그렇게 위에서는 탑이, 아래에서는   51
공성 기계가 격렬하게 맞부딪쳤고,
그리하여 벌써 뚫리고 망가졌으며
안쪽으로 감추어진 길이 드러났다.

41 솔리마노.
42 클로린다.

뚫리고 무너지는 성벽에서 멀지
않은 곳에 고프레도가 있었는데,
드물게 가지고 다니면서 사용하던
커다란 방패 뒤에 잔뜩 웅크렸다.

그리고 신중하게 보면서 염탐했고,   52
솔리마노가 폐허들 사이로 위험한
통로가 열린 곳을 방어하기 위해
아래로 내려오는 것을 보았으며,
그 위에는 클로린다와 아르간테가
남아서 지키고 있는 것을 보았다.
그것을 보면서 가슴이 온통 뜨거운
열기로 불타오르는 것을 느꼈다.

그리고 다른 방패와 활을 그에게   53
운반해주는 시지에로에게 말했다.
"충실한 내 시종이여, 그 덜 무겁고
더 커다란 방패를 나에게 건네다오.
저 무너진 성벽 사이 불확실한 길로
내가 첫 번째로 들어가 볼 테니까.
이제는 우리 역량의 고귀한 위업이
밖으로 분명하게 드러나야 할 때야."

그렇게 말하고 방패를 바꾸었을 때   54

그를 향하여 화살 하나가 날아왔고
한쪽 다리를 맞춰 박혔는데, 가장
신경이 많아 고통스러운 곳이었다.
클로린다여, 소문은 네 손에서 나온
화살이며, 네 영광이라고 노래하고,
네 덕분에 그날 네 이교도 백성이
죽음과 예속을 피했다고 하는구나.

하지만 용감한 영웅은 고통스러운   55
부상의 통증을 느끼지 못하는 듯이
이미 시작된 걸음을 늦추지 않았고
폐허로 가서 다른 병사들을 불렀다.
그러나 다리가 지탱하지 못하면서
깊은 상처에 억눌린 것을 느꼈고,
움직일수록 고통은 더욱 심해졌고
결국 공격을 포기할 수밖에 없었다.

그는 훌륭한 궬포를 손짓으로 불러   56
말하였다. "나는 떠날 수밖에 없다오.
그대가 대장 자리를 대신하고, 내가
떠나야 하는 결점을 보완해주시오.
하지만 잠시 동안 떠나 있을 것이니,
바로 오겠소." 그렇게 말하고 그는
가벼운 말을 타고 떠났는데, 진영에

전혀 보이지 않고 도착할 수 없었다.

대장이 떠나면서 프랑스의 행운도   57
진영에서 함께 떠나가게 되었으니,
상대방 진영에서는 힘이 더 커지고
희망이 솟아나며 용기가 새로워졌고,
신자들 마음에서는 용기와 대담함이
마르스의 호의와 함께 줄어들면서
모든 무기가 피를 향해 느려졌으며
심지어 나팔 소리까지 희미해졌다.

두려움 때문에 달아나던 병사들이   58
성벽 위에 다시 나타나기 시작했고,
용감한 처녀[43]를 바라보던 여자들은
진정한 조국의 사랑으로 무장했으니,
흐트러진 머리칼에 걷어 올린 치마로
달려가서 방어 지점에 자리 잡았고,
화살을 쏘며 사랑하는 성벽을 위해
가슴을 드러내는 것을 겁내지 않았다.

그런데 프랑스인들을 두렵게 만들고   59
도시 방어자들을 용감하게 만든 것은,

43 클로린다.

강력한 퀠포가 맞아 쓰러진 것으로
이쪽과 저쪽 진영이 모두 깨달았다.
그의 운명은 거기서 그를 찾아냈고
멀리에서 날아오는 돌을 안내하였고,
그와 동시에 비슷하게 날아온 돌이
라이몬도를 맞추어 쓰러지게 했다.

비슷한 순간 용감한 에우스타치오도   60
해자 근처에서 강력한 타격에 맞았다.
이렇게 프랑스인들에게 불행한 순간
적들로부터 나온 많은 타격들 중에서
육체에서 영혼을 분리시키고, 최소한
부상을 입히지 않은 타격이 없었다.
그렇게 바람직한 순간에 아르간테는
더욱 격렬해지면서 목소리를 높였다.

"여기는 안티오키아도 아니고, 속임수   61
그리스도인들의 친구인 밤도 아니다.⁴⁴
저 밝은 태양과 깨어 있는 사람들,
전쟁의 다른 형태와 방식을 보아라.
너희들에게 전리품과 영광에 대한

---

44 십자군이 안티오키아를 점령한 것은 도시를 방어하던 자들 중 한 명의 배신과 그에 따른
계략 덕택이었다고 한다.

사랑이 아직 남아서 빛나지 않으니,
프랑스 병사, 아니, 여자들이여, 짧은
공격에 그리 빨리 멈추고 지치느냐?"

담대한 기사는 그렇게 말했고 자기   62
분노에 얼마나 강하게 불타올랐는지
자신이 방어하는 그 방대한 도시가
그의 대담함을 담지 못할 정도였고,
성벽이 무너져 틈새가 열린 곳으로
커다란 도약과 함께 돌진해 갔으며
입구를 막았고, 그동안 옆에 있는
솔리마노에게 큰 목소리로 외쳤다.

"솔리마노, 지금 이 자리가 우리의   63
무훈의 심판관이 될 거야. 왜 멈춰?
무엇이 두려운 거냐? 최고의 무훈을
원하는 자는 이곳으로 나와야만 해."
그렇게 말했고, 그리하여 두 사람은
경쟁하듯이 격렬하게 밖으로 나갔고,
하나는 분노에, 다른 하나는 격렬한
초대에 자극되고 이끌려서 나갔다.

두 사람은 예상치 않게 갑작스럽게   64
적들에게로 갔고 경쟁하며 나섰으니,

그들에 의해 많은 병사들이 죽었고
방패와 투구가 망가지고 흩어졌으며,
사다리가 잘리고, 공성기가 부서져서
잔해들이 거의 산을 이룰 정도였고,
거기에다가 폐허들이 뒤섞여 무너진
성벽 대신 높다란 방벽이 세워졌다.

황금 관[45]의 탁월한 보상에 조금 전   65
성벽을 오르려고 열망하던 병사들이
도시 안으로 들어가려는 열망 대신
이제는 방어에도 무능해 보였으며,
새로운 공격을 포기했고, 두 기사의
분노에 굴복해 이제 새로운 공격에
쓸 수 없을 정도로 분노의 타격에
맞서서 망가진 공성 기계를 버렸다.

두 이교도 기사는 자신의 충동이   66
이끄는 대로 더욱 앞으로 나갔고,
시민들에게 불을 요구했고, 불타는
소나무 두 개를 탑으로 가져갔다.
마치 사탄의 심부름꾼인 사악한

---

45 원문에는 mural corona, 즉 "성벽의 왕관"으로 되어 있는데, 고대 로마 시대에 포위된 도
시의 성벽 안으로 맨 처음 공격해 들어가는 병사에게 황금으로 만든 관을 주었다.

자매들[46]이 머리칼과 자기 횃불을
뒤흔들면서 지옥의 문에서 밖으로
나와 세상을 뒤집어놓는 것 같았다.

하지만 다른 곳에서 자기 이탈리아   67
병사들의 공격을 이끌던 탄크레디가
두 기사의 놀라운 무훈들과 커다란
소나무 두 개의 불을 보자 곧바로
독려하던 말을 멈추었고, 재빠르게
그들의 광기를 억제하려 움직였고,
그의 용기는 승리했던 자가 패배해
달아나게 만드는 놀라운 신호였다.[47]

그렇게 행운의 변화와 함께 이제는   68
전투의 상황이 여기에서 바뀌었고,
그러는 동안 부상을 당한 대장[48]은
착한 시지에로와 발도비노와 함께
벌써 커다란 자기 천막으로 갔으며,
슬퍼하는 친구들이 많이 몰려갔고,
그는 상처에서 화살을 빼내기 위해

---

46 복수의 여신들로 뱀의 머리칼을 가진 푸리아들.
47 간단히 말해 전세를 역전시켰다는 뜻이다.
48 고프레도.

서두르다가 결국 화살을 부러뜨렸다.

그리고 치료에 가장 빠르고 신속한   69
방법을 선택하기를 원했고, 상처의
아주 어두운 부분까지 드러나도록
넓게 자르고 절개하기를 원하였다.
"나를 전투에 다시 보내줘. 날이
저물기 전에 다시 가도록 해줘."
그렇게 말하였고 큰 창의 참나무에
의지하고 다리를 칼[49]에게 내밀었다.

포 강 기슭에서 태어난 나이 많은   70
에로티모[50]는 그를 구하려고 했으니,
그는 약초들과 고귀한 약물의 모든
용법과 효능들을 잘 알고 있었으며,
무사 여신의 사랑을 받기도 했지만[51]
말없는 기술[52]의 작은 영광에 만족해
육신을 죽음에서 구하는 일만 하지만
이름을 불멸로 만들 수 있었으리라.[53]

---

49 외과 수술용 칼을 가리킨다.
50 Erotimo. 타소가 창작해낸 인물로 베르길리우스의 『아이네이스』 제12권 391행 이하에 나
오는 이아픽스와 매우 유사하다.
51 무사 여신들이 돌보는 시에도 소질이 있었다는 뜻이다.
52 의학 기술.
53 문학 작품으로 유명해질 수도 있었을 것이라는 뜻이다.

대장은 몸을 기대고 엄한 표정으로   71
꼼짝하지 않은 채 눈물을 억눌렀다.
에로티모는 옷을 걷어 올리고 팔의
소매를 걷어 올려 가볍고 침착하게
강력한 약초와 함께 노련한 손으로
화살촉을 뽑으려고 헛되이 노력했고,
오른손과 집게로 화살촉을 꺼내려고
시도하였지만 아무런 소용이 없었다.

행운은 그의 기술이나 계획에 전혀   72
도움을 주지 않는 것처럼 보였으며,
부상당한 영웅에게는 얼마나 쓰라린
고통이었는지 거의 죽이는 것 같았다.
그러자 수호천사가 그 부당한 고통에
움직여 이디[54] 산에서 약초[55]를 꺾었는데,
보라색 꽃에다 솜털이 있는 풀이며
어린잎에는 약효가 아주 탁월하였다.

아주 노련한 자연은 산속에서 사는   73
양들에게 숨겨진 효능을 가르쳤으니,

---

54 크레타 섬에서 가장 높은 산으로 해발 2,456미터이며, 그리스 신화에서 어린 제우스를 숨
    겨 기른 산으로 유명하다. 현재의 이름은 프실로리티스Ψηλορείτης 산이다.
55 원문에는 dittamo로 되어 있다. 운향과의 여러해살이식물 "백선(白鮮)"을 가리키지만, 여기
    에서는 일반적인 의미에서 "약초"를 의미한다.

예를 들어 맞았거나 옆구리에 날개
달린 화살이 박혔을 때 그러하였다.
아주 멀리 떨어진 곳에 있었는데도
천사는 그것을 순식간에 가져왔고,
침출로 미리 준비한 약물들 안에다
아무도 모르게 그 즙액을 섞었으며,

리디아 샘물에서 떠온 신성한 물과   74
향기로운 파나케이아[56]를 거기 섞었다.
에로티모는 약물을 상처에 뿌렸는데
화살촉이 저절로 밖으로 나왔으며,
피가 멈추었고, 또한 벌써 다리에서
통증이 사라졌으며, 활력이 솟아났다.
그러자 에로티모는 "위대한 기술이나
나의 인간 손이 치료한 것이 아니라,

더 큰 힘이 낫게 했소. 당신을 위해   75
천사가 의사로 땅에 내려온 것 같소.
천상 손의 징조를 내가 분명 보았소.
어서 갑옷을 입어요. 전장에 나가요."
고프레도는 전투의 욕망에 불타올라

---

56 그리스 신화에 나오는 치료의 여신이지만, 여기에서는 일반적인 의미에서 "만병통치약"을
가리킨다.

벌써 다리를 천으로 둘러싸 감았고,
커다란 창을 흔들면서 내려놓았던
방패를 들었고 투구 끈을 묶었다.

그는 진영에서 나갔고 많은 병사를   76
뒤에 이끌고 포위된 도시로 향했고,
위에서는 하늘이 구름에 뒤덮였고
아래에서는 땅이 움직임에 떨렸고,
멀리 성벽에서는 적에게 다가가는
그를 보자 차가운 전율이 뼛속에
흘렀고, 피가 얼어붙는 것 같았다.
그는 세 번 하늘을 향하여 외쳤다.

병사들은 그의 당당한 목소리와   77
전투를 자극하는 함성을 알았고,
신속하게 다시 충동이 이끌리며
또다시 전투를 향해 돌진하였다.
하지만 두 이교도 기사[57]는 재빨리
성벽의 무너진 틈새로 들어갔고,
탄크레디와 함께 온 병사들로부터
부서진 통로를 집요하게 사수했다.

57 아르간테와 솔리마노.

여기에 프랑스군 대장은 위협적인
갑옷으로 무장한 차림으로 도착했고,
도착하자마자 강력한 아르간테에게
쇠로 강화된 창을 번개처럼 던졌다.
어떤 공성 기계도 그보다 강력하게
창을 던진다고 자랑하지 못하리라.
매듭진 창은 허공으로 질주하였고
아르간테는 겁 없이 창으로 막았다.

날카로운 창에 방패가 찢어졌고
단단한 갑옷도 저지하지 못하여
갑옷이 완전히 부서졌고 마침내
사라센인의 피로 빨갛게 젖었다.
하지만 고통을 모르는 그 기사는
박힌 갑옷과 혈관에서 창을 빼내
고프레도에게 다시 던졌다. "네게
다시 보낸다. 네 무기를 돌려주마."

공격하였다가 이제 복수하는 창은
날아갔던 길로 되돌아 날아왔지만
겨냥했던 자를 맞추지는 못했으니,
몸을 숙인 그의 머리 위로 날아가
충성스러운 시지에로를 맞추었고
목 안에 깊숙하게 창을 맞은 그는

사랑하는 자신의 대장을 대신하여
삶을 떠나는 것이 싫지는 않았다.

그와 거의 같은 순간 솔리마노는   81
돌멩이로 노르만 기사[58]를 맞추었고,
그는 타격에 몸을 비틀고 흔들다가
팽이처럼 돌면서 아래로 떨어졌다.
수많은 공격에 고프레도는 분노를
참지 못하고 이제 검을 붙잡았고
혼란스럽고 높다란 폐허들 위로
올라갔으며 이제 근접전을 벌였다.

거기에서 놀라운 일들을 벌이면서   82
격렬하고 치명적 싸움을 했겠지만,
이제 밤이 밖으로 나와 온 세상을
어두운 공포의 날개 아래 숨겼고,
불쌍한 인간들의 분노들 사이에다
평화로운 자기 그림자를 드리웠고,
결국 고프레도는 멈추고 돌아왔다.
피에 물든 하루는 그렇게 끝났다.

고프레도는 전장에서 떠나기 전에   83

---

58 노르만인들의 군주 로베르토(제1곡 38연 참조)를 가리키는 것으로 짐작된다.

부상자와 약한 자를 데려오게 했고,
남아 있는 자신의 전쟁 기계들을
적에게 전리품으로 남기지 않았고,
적들에게 첫 번째 공포의 대상이던
커다란 탑도, 비록 끔찍한 폭풍우에
망가지고 부서진 것처럼 보였지만,
안전한 곳으로 운반하게 조치했다.

커다란 위험에서 벗어난 탑은 이제   84
안전한 장소에 도착할 무렵이었는데,
마치 배가 폭풍 치는 바다에서 돛을
부풀리고 파도를 경멸하며 달리다가
항구 가까이에서 모래톱이나 위험한
암초에 부딪쳐 옆구리가 망가지듯이,
위험한 길들을 달리던 말이 달콤한
숙소 가까이에서 걸려 넘어지듯이,

탑은 그렇게 걸렸고, 돌들의 충격을   85
많이 받았던 바로 그 부분에서 약한
바퀴 두 개가 망가졌으며, 그리하여
무너질 듯이 기울면서 멈추어 섰다.
하지만 옆에서 끌고 가던 사람들이
거기에다 받침대와 버팀대를 댔으며
준비된 기술자들이 그 주위로 가서

모든 부서진 곳의 피해를 수리했다.

고프레도는 명령을 내려 다음날이   86
되기 전에 모두 수리하기를 원했고,
이쪽 길과 저쪽 길을 가고 오면서
높은 탑 주위에 수비를 배치했지만,
일하는 도구들의 소리와 말소리가
도시 안에까지 분명하게 들렸으며
수없이 많이 켜진 횃불이 보였기에
모든 것을 이해하고 알게 되었다.

제12곡

밤에 클로린다와 아르간테는 공성 기계를 파괴하러 가려고 한다. 클로린다를 섬기던 환관은 그녀가 그리스도인 왕가 출신임을 알려준다. 탑을 불태우고 성 안으로 피하지 못한 클로린다는 그녀를 알아보지 못한 탄크레디와 싸우다 치명적인 부상을 입고, 세례를 요청하여 받은 다음 죽는다. 절망한 탄크레디는 자결하려 하지만 꿈에 클로린다가 만류한다.

밤이었지만 노고에 지친 사람들은   1
아직 잠으로 휴식을 취하지 못했고,
여기에서는 프랑스인들이 기술자의
작업을 보면서 수비를 하고 있었고,
저기에서는 이교도들이 무너졌거나
약해진 방어벽을 다시 보강하면서
이미 부서진 성벽을 다시 복구했고,
양쪽[1] 모두가 부상자들을 보살폈다.

마침내 각자 부상을 치료하고 일부   2
야간작업이 이미 마무리되고 나니,
벌써 어둡고 조용해진 밤 그림자는
작업을 미루면서 잠으로 이끌었다.

1   그리스도 진영과 이교도 진영.

하지만 대담한 여자 기사[2]는 명예에
굶주린 마음을 잠재우지 못하였고,
다른 사람이 멈춘 일을 계속하였다.
그녀는 아르간테와 가면서 생각했다.

"오늘 투르크인의 왕과 아르간테는   3
특별하고 대단히 놀라운 일을 했어.
수많은 병사들 사이로 단둘이 나가
그리스도인들의 기계를 부쉈으니까.
그런데 최고 무훈을 자랑하는 나는
성벽 높은 곳에서 멀리 쏘는 활만
쏘았어. 물론 훌륭했지만 말이야.
그러니까 여자는 그것만 해야 해?

남자들의 무훈이 드러나는 곳에서   4
기사들 사이에 여자로 있는 것보다
차라리 산이나 숲속에서 동물에게
화살을 날리는 것이 훨씬 낫겠어!
내게 합당하지 않다면 왜 여자 옷을
다시 입고 방 안에 갇혀 있지 않아?"
그렇게 속으로 말하며 커다란 일을
생각하다가 아르간테에게 말했다.

2   클로린다.

166

"불안한 나의 마음은 오래전부터   5
특별하고 대담한 것을 생각하는데,
신의 의지인지 아니면 신의 의지라
생각하는 인간 의지인지 모르겠소.
적의 진영 밖으로 타오르는 불빛이
보이는데, 내가 검과 햇불을 갖고
가서 탑을 불태우고 싶어요. 그렇게
되면 하늘이 나머지를 돌보겠지요.

하지만 만약에 내가 돌아오는 길을   6
운명이 가로막는 일이 발생한다면,
아버지처럼 날 사랑하는 분[3]과 나의
사랑스런 하녀들을 보살펴주세요.
당신이 늙은 노인과 불행한 하녀를
이집트로 보내도록 배려해주세요.
신의 이름으로 해줘요. 그 나이와
여자[4]는 연민을 받아 마땅하니까요."

아르간테는 놀랐고 영광의 강렬한   7
자극을 느끼면서 가슴을 두드렸다.

---

3 18연에서 이름이 나오는 아르세테Arsete인데, 나중에 이야기하듯이 클로린다를 어렸을 때
    부터 보살펴준 늙은 환관이다.
4 원문에는 quel sesso, 즉 "그 성(性)"으로 나오는데, 하녀들을 가리킨다.

"당신은 저기 가고, 나는 하릴없이
여기 천한 사람들 사이에 있으라고?
안전한 여기에서 타오르는 불꽃과
연기를 보면서 즐거워하란 말이오?
안 돼요. 전투에서 당신의 동료라면
영광과 죽음에서도 그러고 싶어요.

내 마음도 죽음을 경멸하고 생명을   8
영광과 바꿀 수 있다고 믿고 있소."
그녀는 "그것은 당신의 그 용감한
돌격으로 기억에 남게 증명했어요.
하지만 나는 여자이고, 내 죽음이
혼란한 도시에 피해를 주지 않지만,
당신이 죽으면 (하늘이여, 흉조를
막으소서.) 누가 성벽을 지키겠소?"

그는 반박했다. "확고한 내 의지를   9
그릇된 변명으로 반박하지 말아요.
날 안내하면 그대 뒤를 따르겠지만,
만약 거부하면 내가 앞장서 가겠소."
두 사람은 함께 왕에게 갔고, 왕은
지휘관과 현자들 사이에서 맞이했다.
클로린다가 말을 꺼냈다. "오, 폐하,
제 말을 잘 듣고 허락해주십시오.

여기 아르간테는 탑을 불태우겠다고   10
약속하고, 그건 헛된 자랑이 아니오.
저도 함께 갈 텐데, 커다란 피곤함에
적이 잠들기만 우리는 기다리고 있소."
왕은 두 손을 들었고, 그의 주름진
얼굴로 즐거움의 눈물이 흘러내렸다.
"당신 종들에게 눈을 돌리시고, 저의
왕국도 돌보시는 당신[5] 찬미 받으소서.

이런 강력한 마음이 지키고 있다면   11
그렇게 쉽게 무너지지 않을 것이오.
영광스런 두 사람의 공훈에 합당한
명예나 선물로 무엇을 줄 수 있겠소?
그대들의 명성은 불멸의 영광으로
찬양받고 온 세상을 채울 것이오.
무훈 자체가 보상이고 내 왕국의
큰 부분도 보상의 일부일 것이오."

늙은 왕은 그렇게 말했고 두 사람을   12
번갈아가며 따뜻하게 가슴에 안았다.
그 자리에 있던 솔리마노는 넘치는
강한 질투심을 감추지 않고 말했다.

5   이슬람교의 알라 또는 무함마드에게 올리는 기도이다.

"이 검은 헛되이 두른 것이 아니오.
나도 함께 가거나 최소한 뒤에 가겠소."
그러자 클로린다가 "이 임무에 모두
갑니까? 당신이 가면 누가 남아요?"

그렇게 말했고, 아르간테가 오만한   13
거부와 함께 변명하려고 준비했지만,
왕이 개입하였고 평온한 표정으로
먼저 솔리마노에게 이렇게 말했다.
"오, 대담한 기사여, 그대는 언제나
똑같은 모습으로 그대를 보였으니,
어떤 위험에도 전혀 놀라지 않았고
전투에서는 전혀 지치지도 않았소.

만약 그대가 간다면 분명히 합당한   14
일을 하겠지만, 모두 나가고 무훈이
가장 유명한 당신들 중에서 아무도
남지 않는 것은 적절하지 않습니다.
그 일이 덜 유용해 보이거나, 다른
사람이 할 수 있다고 생각하였다면,
이들도 가라고 허용하지 않을 거요.
이들의 피는 보존되어야 하니까요.

하지만 저 높은 탑을 지키기 위해   15

사방에 수비대가 빽빽하게 있으니,
적은 내 병사로 공격할 수도 없고
많이 나가는 것도 적절하지 않아서
비슷한 위험을 여러 번 경험하였던
두 사람이 그런 임무에 지원했으니,
두 사람은 수천 명을 합한 것보다
뛰어나고, 행운이 함께하길 바라오.

그대는 왕의 명예에 더 합당하도록   16
다른 사람들과 함께 대기하다가,
내가 확실히 희망하듯이, 두 사람이
불을 붙인 다음 되돌아올 때 만약
적들의 무리가 뒤따라 추격해오면
물리쳐서 둘을 구하고 지켜주시오."
그렇게 왕은 말했고, 이에 상대방은
말없이 있었지만 즐겁지는 않았다.

이스메노가 덧붙였다. "나가야 하는   17
여러분들이 괜찮다면, 적의 기계에
불이 잘 붙고 타도록 내가 혼합물을
준비할 때까지 조금 더 기다려주오.
그동안 주위를 둘러싸고 경계하는
부대의 일부가 아마 잠들 것이오."
그렇게 결론짓고 각자 자기 집에서

그 일이 적시에 터지기를 기다렸다.

클로린다는 은으로 짠 사슬 옷과   18
잘 장식된 갑옷과 투구를 벗었고,[6]
검고 녹슨 빛깔에 장식 없는 다른
갑옷을 입었으니 (불행한 예고여!)
그러면 적의 부대들 사이로 몰래
갈 수 있다고 생각하였기 때문이다.
여기에서 환관 아르세테가 나섰는데,
그는 요람과 포대기의 그녀를 길렀고,

늙은 몸을 이끌고 그녀 뒤를 따라   19
온 사방으로 갔고 지금도 뒤따랐다.
그는 그녀의 바꿔 입은 갑옷을 보고,
그녀가 가는 커다란 위험을 깨닫고
괴로웠으며, 그녀에게 봉사하느라고
하얘진 머리칼과 자기가 한 일들의
기억과 함께 그 일을 하지 말라고
간청했으나 그녀는 간청을 거부했다.

그러자 결국 그가 말했다. "당신의   20

---

6 하지만 예리한 비평가이기도 했던 갈릴레이의 지적에 의하면, 클로린다의 원래 갑옷은 에
르미니아가 몰래 훔쳐 입고 나갔다.(제6곡 81연 이하 참조)

마음이 집요하게 그 일을 고집하고,
내 늙은 나이도, 자비로운 의욕도,
내 간청도, 눈물도 배려하지 않으니,
당신의 삶에 대해 모르고 있던 것을
알도록 내가 설명할게요. 그 다음에
당신 욕망이나 내 충고를 따르세요."
그는 말했고 그녀는 관심을 기울였다.[7]

"세나포가 에티오피아의 왕이었으며   21
지금도 행운 있는 통치로 다스리는데,
그는 바로 마리아의 아들[8]의 율법을
따르고, 검은 백성도 함께 따르지요.
거기에서 나는 이교도 좋이었으며,
하녀들 사이에서 여자 일을 하였고
왕비를 섬겼습니다. 왕비님은 물론
갈색 피부였지만 정말 아름다웠어요.[9]

그래서 남편도 불탔지만 사랑의 불에   22

---

7   뒤이어 나오는 아르세테의 이야기는 타소가 창작해낸 것이다. 다만 에티오피아의 왕 또는
       황제 세나포Senapo에 대해서는 아리오스토의 『광란의 오를란도』 제33곡 102연 이하에서
       광범위하게 이야기되었다. 아리오스토는 세나포를 12세기부터 이후 유럽에 널리 퍼진 전
       설에 나오는 사제왕 요한(Presbyter Johannes 또는 Prester John)과 동일시하였는데, 타소
       역시 그 전통을 따르고 있다.
8   예수 그리스도.
9   원문에는 il bruno il bel non toglie, 즉 "갈색이 아름다움을 빼앗지는 않았다."로 되어 있다.

질투의 차가움도 나란히 뒤따랐어요.
고통스런 가슴에 어리석은 질투심도
조금씩 점점 늘어나 모든 사람에게
감추었고, 밀폐된 장소에서 심지어
많은 별들[10]에게도 감추고 싶었지요.
현명하면서 소박한 왕비는 남편이
좋아하는 것을 좋아하고 즐겼어요.

왕비의 방에는 자비로운 이야기와   23
신성한 인물들이 그려져 있었지요.[11]
새하얀 얼굴에다 뺨이 불그스름한
처녀가 드래곤 옆에 묶여 있으며,
한 기사가 창으로 찔러 드래곤은
자기 핏속에 죽어서 누워 있어요.
왕비는 자주 그 앞에 엎드려 속으로
자기 죄를 말하고 울며 기도했어요.

그동안 임신했는데, 하얀색 딸을   24
낳았고 그 딸이 바로 당신이었어요.

---

10 원문에는 i tanti occhi del cielo, 즉 "하늘의 많은 눈들"로 되어 있다.

11 뒤이어 성 게오르기우스Georgius(275/281?~303)가 드래곤을 죽이는 그림에 대해 이야기
한다. 시리아 출신 게오르기우스 성인은 초기 그리스도교 순교자로 디오클레티아누스 황
제의 박해 때 순교한 것으로 전해진다. 그는 특히 시리아의 어느 고장을 괴롭히던 드래곤
을 죽이고 제물로 바쳐진 공주를 구해낸 전설로 널리 알려져 있으며, 그것은 중세 이후 많
은 예술 작품의 소재가 되었다.

왕비는 당황했고 다른 피부 색깔에
마치 이상한 괴물처럼 놀랐답니다.
왕과 왕의 분노를 알고 있었기에
결국 출산을 속이기로 결심했지요.
아마도 왕은 당신의 하얀 색깔에서
왕비의 정절을 의심했을 테니까요.

그리고 당신 대신 조금 전 태어난   25
검은 아기를 보여주려고 생각했어요.
왕비는 하녀들과 나 혼자 생활하는
높다란 탑에 갇혀서 살았기 때문에,
종이자 진지하게 사랑하는 나에게
세례받지 않은 당신을 맡겼습니다.
당시 거기서는 인정하지 않았기에
당신에게 세례를 줄 수 없었답니다.[12]

울면서 당신을 나에게 주셨고 멀리
데리고 가서 기르라고 명령하셨지요.
왕비의 고통과, 얼마나 많이 울면서
껴안았는지 누가 말할 수 있을까요?
입맞춤은 눈물에 젖었으며, 탄식은

---

12 1515년 에티오피아를 여행한 포르투갈 선교사이자 탐험가 알바레스Francisco Álvares에
의하면 남자 아기는 40일, 여자 아기는 60일이 지나야 세례를 받을 수 있었다고 한다.

잦은 흐느낌으로 여러 번 끊겼어요.
마침내 눈을 들고, '숨겨진 것들과
내 가슴속을 들여다보시는 하느님,

저의 마음은 순결하고 저의 육신과   27
저의 결혼 침대는 깨끗합니다. 다른
많은 죄를 지었으며 또 당신 앞에서
초라한 저를 위한 기도가 아닙니다.
어미가 어미 가슴의 젖을 거부한
이 순수한 아기를 살려주십시오.
살아서 오로지 저의 순수함만 닮고
다른 행운을 얻도록 해주십시오.

드래곤의 사악한 이빨에서 처녀를   28
구해준 당신, 하늘의 기사님이여,
제가 당신 제단에 촛불을 켰다면,
황금이나 향기로운 향을 올렸다면,
아기가 모든 운명에 있어 당신께
도움을 청하도록 기도해주소서.'
그렇게 기도했는데, 가슴이 조여
창백한 죽음 빛으로 물들었습니다.

나는 울면서 당신을 받았고, 작은   29
광주리에다 꽃과 나뭇잎들 사이에

감추어서 데리고 나갔고 모두에게
숨겨 아무런 의혹도 받지 않았어요.
나는 몰래 떠났고 거대한 나무들로
그늘진 숲속을 지나가고 있었는데,
호랑이가 무섭고 위협적인 눈으로
나를 향해 오는 것을 보았습니다.

나는 너무 무서워 당신을 풀밭에   30
놓아둔 채 나무 위로 올라갔지요.
그 무서운 짐승은 오만한 머리를
돌리며 주의 깊게 당신을 보았어요.
그러더니 무서운 눈길이 평온하고
친절하며 온순하게 부드러워졌고,
천천히 옆으로 다가가 당신을 혀로
핥았고, 당신은 웃으며 어루만지고

함께 놀면서 그 사나운 입을 향해   31
갓난아기의 순진한 손을 뻗었어요.
호랑이는 유모와 같은 자세로 젖을
내밀었고, 당신은 젖을 먹었답니다.
그동안 나는 놀라운 기적을 보듯이
혼란하고 소심하게 보고 있었어요.
당신이 배부르게 젖을 먹은 것을
보더니 호랑이는 숲속으로 갔지요.

나는 내려갔고 다시 당신을 데리고   32
처음에 가려고 했던 곳으로 갔고,
어느 조그만 마을에 숙소를 얻어
거기에서 몰래 당신을 길렀답니다.
태양이 돌면서 사람들에게 열여섯
달[13]을 줄 때까지 머물렀고, 당신은
젖 먹는 혀로 불분명한 몇 마디를
발음했고 불안한 걸음을 옮겼어요.

하지만 내가 그곳에 도착한 것은   33
벌써 노년으로 접어든 나이였으며,
떠날 때 왕비님이 풍부하게 선물한
황금으로 부자였지만 그 방랑하고
떠도는 생활에 싫증이 났기 때문에,
고향으로 돌아가 사랑스런 곳에서
따뜻한 난로 옆에서 겨울을 보내며
옛날 친구들과 함께 살고 싶었지요.

나는 떠났고 고향 이집트를 향해   34
당신을 데리고 길을 가던 중에 어느
강에 도착했을 때, 이쪽에는 도둑들,
저쪽에는 강에 가로막히게 되었어요.

13 보름달을 가리킨다. 그러니까 열여섯 달이 지났다는 뜻이다.

어떻게 할 것인가? 사랑하는 당신을
버리고 싶지 않았고, 살고 싶었어요.
나는 강에 뛰어들었고 한 손에 당신을
들고 다른 손으로 물살을 갈랐지요.

물살은 아주 빨랐고 강 가운데에서   35
파도는 자체 안으로 굽어 돌아갔고,[14]
더욱 빠르고 깊이 돌아가는 곳에서
나를 휘감았고 밑으로 끌어당겼어요.
나는 당신을 놓았는데, 당신은 위로
떠올랐고, 바람이 물결 따라 불면서
무사히 부드러운 모래밭으로 보냈고,[15]
피곤한 나도 헐떡이며 겨우 갔어요.

기쁘게 당신을 안았고, 모든 것이   36
깊은 침묵에 잠긴 밤이 되었을 때,
꿈속에서 어느 기사[16]가 위협적으로
내 얼굴에 검을 겨누더니 당당하게
말했지요. '그녀의 어머니가 처음에
네게 부과한 대로 아이에게 세례를

---

14 소용돌이를 이루었다는 뜻이다.
15 또 다른 기적으로 강물이 아기를 둥둥 뜨게 했고, 바람이 불어와 모래밭 위로 가게 했다는
뜻이다.
16 클로린다를 보호해주는 게오르기우스 성인이다.

주라고 명령한다. 하늘이 사랑하는
아이로 내 임무는 보호하는 일이다.

내가 돌보고 보호하며, 호랑이와   37
강물에 자비심과 지성을 주었노라.
하늘의 뜻을 전달하는 너의 꿈을
믿지 않는다면 곤란하다.' 그렇게
말했고, 잠에서 깨어 일어난 나는
아침이 밝았을 때 그곳을 떠났지만,
내 믿음[17]이 진실하고 꿈이 허상이라
생각하여, 세례를 주거나 어머니의

부탁에 신경 쓰지 않았고, 그래서   38
이교도로 키웠고 진실을 감췄지요.
당신은 자라면서 대담하고 용감한
무훈에서 성[18]과 자연을 능가하였고,
명성과 영토를 얻었고, 이후의 삶이
어떠했는지 당신 자신이 알 것이며,
내가 종이자 아버지로 기사들 사이로
당신을 따라다닌 것도 알 것입니다.

17 이슬람교의 믿음.
18 여성으로서의 한계를 가리킨다.

그리고 어제 새벽 내 정신이 마치   39
죽음과 비슷한 적막함에 짓눌리는
꿈에서 똑같은 기사가 나타났는데,
당황한 모습에 큰소리로 말했어요.
'이 배신자야. 이제 클로린다의 삶과
운명을 바꿔야 할 시간이 다가왔다.
그녀는 내 것이고, 네 몫은 고통이다.'
그렇게 말하고 허공으로 사라졌지요.

그러니까 사랑하는 당신에게 하늘이   40
이상한 사건을 위협하는 것을 들어요.
그[19]는 사람이 자기 부모의 믿음과
싸우는 것을 싫어하는 것 같았어요.
그게 진정한 믿음일지도 몰라요. 아!
이 뜨거운 마음과 갑옷을 벗으세요!"
말을 마친 그는 울었고, 다른 비슷한
꿈에 시달렸던 그녀는 생각에 잠겼다.

그녀 얼굴이 밝아지며 마침내 말했다.   41
"당신이 유모의 젖으로 빨게 하였고,
지금은 의심하게 만드는 그 믿음이
나에게 진실하게 보이니 따르겠어요.

19 성 게오르기우스.

사람들을 위협하는 죽음이 무서운
모습으로 내 앞에 나타난다고 해도
대담한 마음에 맞지 않는 두려움에
임무와 갑옷을 포기하지는 않겠어요.”

그리고 아르세테를 위로했고, 그녀가   42
약속한 것을 실행할 시간이 되었기에
출발했고, 그녀와 함께 커다란 위험에
노출되려고 하는 기사[20]와 다시 만났다.
이스메노가 둘과 합류했고, 그 자체로
이미 달려가는 역량을 찌르고 자극했고,
유황과 역청으로 만든 공 두 개와
구리 그릇 안에 감춘 횃불을 주었다.

둘은 밤에 함께 나갔고, 언덕에서   43
얼마나 빠른 걸음으로 내려갔는지
벌써 적의 커다란 기계가 가까이
보이는 장소에 도착하게 되었다.
둘은 용기로 불탔고, 가슴이 끓어
그 안에 모두 담지 못할 정도였고,
강렬한 용기가 불과 피로 이끌었다.
보초가 보고 외치며 암호를 물었다.

20 아르간테.

둘이 말없이 앞으로 나가자 보초는   44
"비상! 비상!" 커다란 소리로 외쳤다.
그러자 대담한 두 사람은 더 이상
숨지 않았고 더욱 빠르게 달려갔다.
마치 번개나 대포가 번쩍이는 순간
동시에 천둥치고 폭발하는 것처럼,
둘은 달리고 도착해 적을 공격하고
동시에 수비를 뚫고 안으로 들어갔다.

그리고 당연히 많은 무기와 타격들   45
사이에서도 그들의 계획은 성공했다.
감추었던 횃불을 꺼냈고, 그 불꽃은
쉽게 불이 붙는 도화선에 불타오르며
금세 목재에 붙어 널리 퍼져 나갔다.
불이 어떻게 사방에 퍼지고 커졌는지,
치솟는 짙은 연기가 얼마나 하늘의
별을 가렸는지 누가 말할 수 있을까?

하늘에서 도는 연기 소용돌이 속에   46
뒤섞인 검은 불꽃 덩어리들을 보라.
바람이 불어 불은 더욱더 활력을
얻었고 흩어진 불들이 한데 뭉쳤다.
커다란 화재는 프랑스인들의 눈을
공포로 채웠고 모두 서둘러 무장했다.

전투에서 두렵던 큰 탑은 무너졌고,
그 오랜 작업이 순식간에 사라졌다.

그러는 동안 그리스도인 두 부대가   47
바로 화재가 발생한 곳으로 달려갔다.
아르간테는 "너희들의 피로 저 불을
끄겠다." 위협하며 그들에게 향했다.
클로린다와 밀착해 있었지만 조금씩
물러났고 언덕을 향해 뒷걸음질했다.[21]
병사들은 오랜 비의 개울보다 많이
늘어났고 언덕 사면으로 뒤쫓았다.

황금 성문[22]은 열려 있었고 그쪽으로   48
왕은, 두 기사가 그 위대한 임무에서
돌아오는 것을 행운이 허용할 경우
맞이하려고 병사들에 둘러싸여 갔다.
둘은 성문을 향해 뛰었고, 뒤에서는
프랑스 부대가 파도처럼 뒤쫓았지만
솔리마노가 막고 몰아내면서 성문을
닫았는데, 클로린다만 밖에 남았다.

---

21 예루살렘 쪽으로 물러났다는 뜻이다.
22 원문에는 Aurea porta로 되어 있는데, 화려한 장식 때문에 그렇게 불렀다고 한다. 예루살
    렘 동쪽 여호사팟 골짜기 쪽으로 난 성문이다.

혼자만 남은 것은, 병사들이 성문을   49
닫는 순간에, 그녀는 자신에게 타격을
가했던 아리모네를 처벌하기 위하여
화가 나서 열심히 뒤쫓았기 때문이다.
그를 처벌하였고, 아르간테는 전투와
무리와 **빽빽한** 연기에 보이지 않고
그녀를 잘 배려하지 못했기 때문에
그녀가 멀리 간 것을 깨닫지 못했다.

그녀는 분노했던 마음이 적의 피에   50
완화되면서 다시 정신을 차린 뒤에,
성문이 닫혀 있고 적들에 둘러싸여
있는 것을 보고 죽었다고 생각했다.
하지만 아무도 자신을 보지 않는 것을
보고 살아날 좋은 방법이 떠올랐다.
그들의 편인 척하면서 그들 사이로
몰래 들어갔고 아무도 보지 않았다.

그리고 마치 늑대가 은밀한 악행을   51
저지른 뒤 숲으로 들어가서 숨듯이,
혼란스러움과 어두운 대기의 도움을
받으면서 그녀는 몰래 숨어서 갔다.
단지 탄크레디만 그녀를 보았는데,
상당히 먼저 그곳에 도착한 그는

그녀가 아리모네를 죽일 때 왔고,
눈여겨보다가 그녀의 뒤를 따랐다.

무훈을 겨루고 싶었으니, 자신의   52
역량에 합당한 기사라고 생각했다.
그녀는 다른 성문으로 들어가려고
그곳을 향해 험한 길로 돌아갔다.
탄크레디는 서둘러서 뒤따라갔기에
따라잡기 전에 갑옷 소리가 들렸고,
그녀가 보고 외쳤다. "무엇을 갖고
달리느냐?" 그는 "결투와 죽음이다."

그녀는 기다리면서 "결투와 죽음은   53
네 것이다. 원하면 거부하지 않겠다."
탄크레디는 상대방이 서 있는 것을
보고 말을 타고 싶지 않아 내렸다.
두 사람은 날카로운 검을 붙잡았고
자부심을 키우고 분노를 불붙였고,
마치 분노에 불타오르고 질투하는
황소들처럼 서로를 노려보며 갔다.

그것은 밝은 태양과 관객이 가득한   54
극장에 합당한 기억할 만한 결투지만,
밤이여, 그 큰 사건을 깊고 어두운

네 가슴속에 묻고 잊게 만들었으며,
내가 이끌어내 분명히 이야기하고
미래 세대에 전하기를 원하는구나.
그들의 명성은 영원하고, 그 영광과
함께 네 어두움의 기억도 빛나기를!

그들은 피하거나 막거나 물러나기를   55
원치 않고 검술도 개입하지 않았다.
위장 타격이나 충분한 타격도 없이
어둠과 분노가 검술의 사용을 막았다.
검이 서로 부딪치는 무서운 소리가
들렸으며, 한 발자국도 옮기지 않고
발을 고정한 채 계속 손을 움직였고,
헛된 베기나 찌르기가 전혀 없었다.

수치심이 복수의 분노를 자극하였고   56
또한 복수는 수치심을 다시 주었으니,
계속 부상을 입히면서 계속 서둘러서
새로운 자극과 새로운 이유를 주었다.
결투는 점점 더 치열하고 절박해졌고
검을 사용하는 것이 소용없어졌으며,
손잡이로 때리고, 난폭하고 격렬해져
서로 투구와 방패로 함께 부딪쳤다.

세 번이나 탄크레디는 클로린다를   57
강한 두 팔로 조였으며, 마찬가지로
그녀는 그 강인한 매듭에서, 연인이
아니라 강한 적의 매듭에서 벗어났다.[23]
다시 검을 잡고 서로가 서로를 많은
상처로 물들였으며, 결국에는 지쳐서
숨을 헐떡이며 각자 뒤로 물러났고
오랜 노고 끝에 가쁜 숨을 내쉬었다.

둘은 서로를 바라보았고 지친 몸의   58
무게를 검의 손잡이 위에다 기댔다.
벌써 마지막 남은 별빛들이 동쪽의
하늘에 불붙은 새벽빛에 사위었다.
탄크레디는 적의 피가 많고 자신의
부상은 그리 많지 않은 것을 보고
즐겁고 거만해졌다. 행운의 입김에
우쭐대는 우리의 어리석은 마음이여!

불쌍하다, 왜 즐거워? 승리는 얼마나   59
슬프고, 또 자랑은 얼마나 불행한지!
살아 있는 동안 너의 눈은 그 피의
방울마다 바다만큼 눈물을 흘리리라.

23 두 사람의 비극적인 싸움을 연인들 사이의 에로틱한 사랑의 이미지와 연결시키고 있다.

그렇게 말없이 바라보면서 피투성이
두 사람은 잠시 동안 멈춰 있었다.
마침내 탄크레디가 침묵을 깨면서
상대방에게 이름을 밝히도록 말했다.

"여기에서 많은 무훈을 발휘하여도   60
침묵이 뒤덮은 것이 우리 불행이다.
하지만 불운이 우리 결투에 합당한
증인이나 칭찬을 거부하기 때문에,
만약 결투에서도 부탁이 허용된다면,
지든 아니면 이기든, 누구에게 나의
죽음이나 승리가 있는지 알 수 있게
그대 이름을 내게 밝히기를 부탁하오."

여인은 대답했다. "일반적으로 내가   61
밝히지 않는 것을 헛되이 요구하는군.
하지만 내가 누구든 커다란 탑에다
불을 붙인 두 사람 중의 하나이다."
그 말에 탄크레디는 분노에 불타면서
대꾸했다. "나쁜 순간에 말하는구나.
불친절한 야만인아, 네가 말한 것과
침묵한 것[24]이 똑같이 복수를 키운다."

24 탑을 불태웠다는 것을 밝히고 반면에 이름을 밝히지 않은 것을 가리킨다.

가슴에 분노가 되살아났고 약하지만 62
다시 싸움으로 이끌었다. 검술도 없고,
힘도 사라진 곳에서 대신 두 사람의
분노가 싸우는, 오, 잔인한 싸움이여!
오, 서로의 검은 가는 곳마다 갑옷과
살에 얼마나 피를 흘리고 큰 상처를
주었는지! 생명이 나오지 않는 것은[25]
분노가 가슴속에서 잡기 때문이었다.

마치 깊은 에게 해가 처음에 완전히 63
뒤흔든 북풍이나 남풍이 멈추었는데도
잠잠해지지 않고 아직 많이 동요하던
파도의 소리와 움직임을 계속하듯이,
피를 많이 쏟은 데다 팔을 타격으로
이끌던 활력이 사라졌는데도 그들은
아직 처음의 충동을 가졌고 거기에
이끌려 상처에 상처를 더하게 됐다.

하지만 마침내 클로린다의 생명이 64
끝나야 하는 치명적인 순간이 왔다.
탄크레디는 아름다운 가슴에 칼끝을
밀어 넣어 탐욕스레 피에 젖게 했고,

25 말하자면 두 사람이 죽지 않은 것은.

부드럽고 가벼운 젖가슴을 감싸던
금빛 자수 옷을 뜨거운 피의 강으로
채웠다. 그녀는 벌써 죽음을 느꼈고,
약해진 다리가 풀리는 것을 느꼈다.

그는 승리를 뒤따랐고 검에 찔린   65
처녀를 위협하며 강하게 짓눌렀다.
클로린다는 쓰러지면서 희미해지는
목소리로 힘겹게 마지막 말을 했다.
새로운 영혼, 믿음과 자비와 희망의
영혼이 그녀에게 전하는 말이었고,
살아서 반역했다면 죽어서 시녀로
하느님께서 원하시는 은총이었다.

"친구, 당신이 이겼어요. 나는 당신을   66
용서해요… 당신도 나를, 두려움 없는
육체가 아니라 내 영혼을 용서하세요.
내 죄를 모두 씻도록 세례를 주세요."
그 힘없는 목소리에 무언지 모르게
부드럽고 슬픈 느낌이 울려 퍼졌고,
가슴으로 내려가 분노가 사그라졌고
눈물을 흘리도록 이끌고 강요하였다.

거기에서 멀지 않은 우묵한 구석에   67

조그마한 개울이 속삭이며 분출했다.
그는 달려가 투구를 샘물로 채웠고
크고 경건한 임무로 슬프게 돌아왔다.
아직 모르는 얼굴을 드러내는 동안
그는 자기 손이 떨리는 것을 느꼈고,
그 얼굴을 알아보았고, 말없이 몸이
굳었다. 아, 보았다! 아, 알아보았다!

그 순간 그녀는 모든 힘을 모아서   68
심장을 도왔으니 아직 죽지 않았고,
그는 고통을 억제하며 검으로 죽인
자에게 물로 생명을 주려고 하였다.
그가 신성한 구절[26]을 말하는 동안
그녀는 기쁜 표정으로 미소 지었고
행복하게 죽으면서 말하는 듯했다.
"하늘아 열려라. 나 행복하게 간다."

하얀 얼굴은 마치 제비꽃에 백합이   69
섞이듯이 아름다운 창백함에 젖었고,
눈은 하늘을 응시하고, 하늘과 태양은
연민에 젖어 그녀를 향하는 듯했고,
기사를 향하여 차가운 하얀 손을

---

26 세례를 줄 때 말하는 공식적인 구절.

들면서 말을 대신해 평화의 표시를
하였다. 그렇게 아름다운 여인은
죽었고, 마치 잠을 자는 것 같았다.

고귀한 영혼이 나가는 것을 보자   70
그는 억누르고 있던 힘을 늦추었고,
이미 미칠 것처럼 격렬해진 고통에
자신의 통제력을 자유롭게 풀었고,
생명은 좁은 심장에 몰려 갇히고
얼굴과 감각은 죽음으로 가득했다.
창백함과 침묵과 굳어진 몸과 피로
살아 있는 그는 죽은 자와 같았다.

분명 자기 생명이 역겹고 싫어져서   71
그 연약한 끈을 강제로 끊어버리고,
자기 앞에서 조금 전에 날개를 펼친
아름다운 영혼을 따라가고 싶었지만,
물이나 다른 필요한 것을 조달하는
프랑스 병사들이 우연히 거기 왔고,
죽은 그녀로 인해 죽은 듯이 살아
있는 기사를 여인과 함께 운반했다.

그들의 지휘관은 그리스도인 군주의   72
갑옷을 멀리서도 알아보았기 때문에

달려갔고, 그 죽은 아름다운 여인을
보고 이상한 사건에 가슴이 아팠다.
이교도라고 생각한 아름다운 육신을
늑대들에게 놔두고 싶지 않았기에
병사들에게 두 사람을 옮기게 했고
그렇게 탄크레디의 천막으로 갔다.

느리고 편안히 가는 동안 부상당한   73
기사는 아직 정신이 들지 않았지만
희미하게 신음했고, 따라서 생명이
아직 끝나지 않은 것은 분명하였다.
하지만 조용히 꼼짝 않는 다른 몸[27]은
영혼이 나갔다는 것을 잘 증명했다.
그렇게 두 몸은 나란히 운반되었지만
결국 서로 다른 방에 놓이게 되었다.

시종들은 누워 있는 기사 주위에서   74
벌써 여러 임무로 분주히 움직였고,
이제 지친 눈이 다시 빛을 느끼고
치료하는 손과 목소리를 느꼈지만,
몽롱한 그의 정신은 되살아났는지
아직 모호하고 확신하지 못하였다.

27 죽은 클로린다.

멍하니 주위를 둘러보았고, 종들과
장소를 알아보더니 힘없이 말했다.

"내가 살아 있어? 아직 숨을 쉬어?   75
이 불행한 날의 증오스런 빛을 봐?
감추어진 내 잘못의 증인이며 나의
죄를 나에게 비난하고 있는 날이여!
아! 소심하고 느린 손이여, 치명적인
길을 모두 알고, 불경하고 치욕적인
죽음을 안기는 네가 무엇 때문에 이
사악한 생명의 줄을 자르지 못하느냐?

네 잔인한 검으로 이 가슴도 꿰뚫고   76
이 내 심장을 잔인하게 난도질하여라.
하지만 악한 일에 익숙한 네가 아마
내 고통의 죽음을 연민으로 보는구나.
그러니까 불행한 사랑의 기억할 만한
예들 속에서 불쌍한 괴물로, 엄청난
잔인함에 합당한 형벌로 가치 없이
사는 불쌍한 괴물로 살아야 하는가?

내 고통과 형벌들 사이에서 정당한   77
복수로 미쳐서 떠돌면서 살 것이며,
내 첫 실수가 눈앞에 보여줄 밤의

외로운 유령들을 두려워할 것이며,
내 불행을 환하게 비춰준 태양의
얼굴을 회피하고 두려워할 것이다.
나 자신을 두려워하고, 나 자신을
피하면서 언제나 함께 있을 것이다.

하지만 불쌍한 내 신세여! 아름답고   78
정숙한 몸의 유해는 어디에 있는가?
나의 분노가 고스란히 남겨둔 것을
아마 짐승들의 분노가 훼손했겠지.[28]
아, 너무나 고상한 전리품이여! 아,
너무 부드럽고 너무 귀중한 먹이여!
아, 어둠과 숲속에 나를 자극했다가
짐승들을 자극하는 불행한 몸이여!

그대가 있던 곳으로 가야겠다. 아직   79
있다면, 사랑스런 유해여, 함께 있자.
하지만 만약 그 아름다운 팔다리가
야만적인 욕망의 음식이 되었다면,
그 입이 나도 함께 삼키고, 유해를
가둔 뱃속에다 나를 가두면 좋겠어.
함께 있을 수만 있다면, 어디든지

---

28 탄크레디는 클로린다의 주검이 결투한 곳에 남아 있다고 생각한다.

나에게는 행복한 영광의 무덤이야."

불쌍한 그는 말하였고, 괴로워하는   80
그 몸이 거기에 있다고 말해주자,
지나가는 번개가 구름을 비추듯이
어두운 표정이 밝아지는 것 같았고,
아직도 온전하지 않고 고통스러운
육신을 침대의 휴식에서 일으켰고,
아주 힘겹게 지친 몸을 이끌면서
비틀거리는 걸음을 그곳으로 옮겼다.

하지만 도착하여 아름다운 가슴에   81
자신의 손으로 만든 사악한 상처와,
마치 빛이 없지만 맑은 밤하늘처럼
창백한 그녀의 얼굴을 보면서 그는
떨었고, 만약 옆에 충실한 도움이
없었다면 바닥에 쓰러졌을 것이다.
"오, 죽음도 부드럽게 만든 얼굴이여,
내 운명은 부드럽게 만들지 않는구나!

내게 평화와 우정의 달콤한 징표를   82
내밀었던, 오, 아름다운 오른손이여!
아! 어떻게 보나? 어떻게 여기 왔나?
오, 부드러운 팔다리여, 지금 이것은

내가 보인 잔인하고 사악한 분노의
슬프고도 음울한 흔적들이 아닌가?
오, 손과 마찬가지로 잔인한 눈이여,
지금 보는 상처를 그녀에게 주었구나.

그냥 보고 있는가? 이제 내 눈물이   83
가지 않는 곳으로 내 피가 흐르리라."
여기에서 말을 중단했고, 절망적인
죽고 싶은 욕망이 이끄는 대로 그는
붕대와 상처를 찢었고, 악화된 그의
상처에서는 피의 강이 흘러나왔고,
죽으려 했지만 그 쓰라린 고통으로
그는 기절했고 생명을 구하게 되었다.

그는 침대에 뉘였고 덧없는 영혼은   84
역겨운 임무들로 다시 소환되었다.
하지만 수다쟁이 소문은 그 쓰라린
고통과 불행한 일을 널리 퍼뜨렸다.
경건한 고프레도가 왔고, 가치 있는
친구들의 무리가 그곳으로 달려왔다.
그러나 엄한 비난도 부드러운 부탁도
영혼의 집요한 고통을 달래지 못했다.

섬세한 곳에 있는 치명적인 상처가   85

건드리면 악화되고 고통이 커지듯이,
그 커다란 괴로움에 부드러운 위안은
위안받는 마음을 더 쓰리게 하였다.
하지만 상처 입은 어린 양에게 착한
목동처럼 그를 보살펴주는 피에로가
아주 엄격한 말로 그의 오랜 방랑을
꾸짖었으며 그에게 이렇게 충고했다.

"오, 탄크레디, 그대 자신과 그대의   86
원칙에서 너무 다른데, 누가 그렇게
귀를 멀게 했소? 어느 짙은 구름이
전혀 못 보는 장님으로 만들었을까?
그대의 이 고통은 하늘의 전언인데,
보지 못하고 그 말을 듣지 못하오?
그대를 꾸짖으며 처음에 시작했다가
잃어버린 길을 가르쳐주지 않소?

그대가 부당하게 하느님께 반역한   87
여인의 연인이 되기 위해 떠났는데,
그분께서는 그리스도 기사에 합당한
처음의 임무로 그대를 다시 부르오.
바람직한 역경과 자비로운 분노가
하늘의 가벼운 채찍으로 어리석은
잘못을 때리고 그대 스스로 구원을

찾도록 이끄는데, 거부하는 것이오?

오, 무지한 사람이여! 하늘의 건강한　　　　　　　　　88
선물을 거부하고 거슬러 분노하시오?
무절제하고 미친 그대 고통에 이끌려
불쌍하게 어디로 달려가는 것이오?
그대는 벌써 영원한 낭떠러지 끝에서
떨어지려고 하는데 못 보는 것이오?
제발 보고 정신을 차리고, 이중의
죽음으로 이끄는 고통을 억제해요."

그러자 한 죽음에 대한 두려움이　　　　　　　　　　89
다른 죽음의 욕망을 완화시켰으니,[29]
그 위안의 말을 마음속에 간직했고
내면적 고통의 충동이 줄어들었지만,
이따금 신음을 토해내거나 말하면서
탄식하는 것을 멈추지는 않았으며,
때로는 자신과 말하고, 때로는 아마
하늘에서 듣고 있을 영혼과 말했다.

약한 목소리로 그녀를 태양이 뜰 때　　　　　　　　90
부르고, 질 때 부르며 기도하였으니,

29　정신적인 죽음에 대한 두려움으로 자살의 욕망이 줄어들었다는 뜻이다.

마치 잔인한 농부가 아직 털도 안 난
새끼를 둥지에서 가져간 밤꾀꼬리가
밤에 외롭고 슬프게 울면서 불쌍한
노래로 숲과 대기를 채우는 듯했다.
새벽녘에 마침내 잠시 눈을 감았고
눈물들 사이로 잠이 스며들어 갔다.

그런데 꿈속에서 탄식하던 여인이   91
별 무늬 옷을 입고 앞에 나타났는데,
훨씬 아름다웠지만 천상의 광채가
옛날 특징을 없애지 않고 장식했고,
그녀는 부드러운 연민의 손짓으로
그의 젖은 눈을 닦아주며 말했다.
"충실한 이여, 내가 얼마나 아름답고
행복한지 보고, 당신 고통을 달래요.

이것은 인간 세상의 산 자들에게서   92
실수로 나를 죽인 당신 덕택이에요.
당신 연민이 하느님 품 안의 천사들과
축복받은 자들 사이로 오르게 했어요.
거기에서 나는 지복을 즐기고 있으며
당신을 위한 자리를 마련하고 싶어요.
거기에서 하느님[30]과 저의 아름다움을
당신은 영원히 관조할 수 있겠지요.

만약 당신이 하느님을 시기하지 않고   93
감각에 현혹되어 벗어나지 않는다면,
창조물을 사랑할 수 있는 만큼 내가
당신을 사랑한다는 것을 알고 사세요."
그렇게 말하면서 경이롭게 타오르는
눈빛과 함께 그녀는 뜨겁게 불탔고,
자기 광채의 심연 속으로 사라지며
그에게 새로운 위안을 불어넣었다.

위안받은 그는 깨어났고 의사들의   94
유능한 치료를 다시 받게 되었으며,
그동안 고귀한 삶이 예전에 가졌던
사랑하던 육신을 매장하도록 하였다.
무덤은 귀한 돌을 선택하지 않았고
장인의 손으로 조각되지 않았지만,
당시 상황이 허용하는 만큼 최소한
석재와 조각하는 사람을 선택하였다.

길게 늘어선 횃불들 행렬이 고상한   95
행진과 함께 무덤까지 따르게 했고,
그녀의 갑옷은 헐벗은 소나무에 걸어
전리품 모양으로 위에 펼쳐두었다.

30 원문에는 gran Sole, 즉 "위대한 태양"으로 되어 있다.

하지만 바로 그 이튿날 탄크레디는
부상당한 몸을 일으킬 수 있게 되자
존경심과 연민에 가득한 마음으로
명예롭게 묻힌 유해를 방문하였다.

하늘이 그의 산 영혼에 고통스러운   96
감옥으로 처방한 무덤에 도착하자
창백하고 차갑게 말없이, 움직임도
거의 없이 무덤으로 눈을 응시했다.
마침내 눈물의 강이 흘러나오면서
힘없이 "세상에!" 폭발하며 말했다.
"안에는 내 불꽃, 밖에는 눈물을 담은
오, 너무 사랑하는 명예의 무덤이여,

너는 바로 아모르가 살며, 죽음이   97
아니라 살아 있는 유해의 집이며,
너에게서는 덜 달콤하지만 여전히
가슴에 뜨거운 불꽃[31]을 느끼노라.
오! 내 탄식들을 받고, 고통스러운
눈물에 젖은 내 입맞춤을 받아서,
네 가슴에 안은 사랑하는 유해에게
네가 전해다오, 나는 할 수 없으니.

31 사랑의 불꽃을 뜻한다.

네가 전해주렴. 아름다운 영혼이   98
아름다운 자기 유해로 눈을 돌리면,
저 위에는 증오나 경멸이 없으니까
네 연민과 내 열정이 싫지는 않으리.
그녀가 내 실수를 용서할 것이라는
유일한 희망에 내 마음은 숨을 쉬지.
내 손만 사악하니, 그녀를 사랑하며
살았다면 사랑하며 죽은 것도 좋으리.

사랑하며 죽으리. 그날이 언제이든   99
행복한 날이 될 것이지만, 지금처럼
네 주위를 방황하다가 네 품속으로
받아들여진다면 더욱더 행복하리라.
화해한 영혼들은 하늘에서 머물고
두 유해는 함께 묻혀 있게 된다면,
살아서 못 가진 것을 죽어 갖겠지.
오, 그 희망이 허용되면 행복하리라!"

그동안 간힌 땅[32] 안에서는 불행한   100
사건에 대한 혼란한 소문이 퍼졌다.
그러다 확인되고 퍼졌으며, 소문은
여인들의 탄식과 눈물과 뒤섞여서

32 포위된 예루살렘.

당황한 도시의 모든 구석에 돌았고,
마치 전쟁에서 패배하여 완전하게
파괴되고, 악한 적들과 불이 집과
성전으로 날아다니는 것 같았다.

하지만 불쌍한 모습의 아르세테는   101
신음하면서 모두의 시선을 받았다.
감정이 너무 굳어 다른 사람처럼
눈물로 고통을 풀지 못하는 그는
새하얀 머리칼을 흩뜨리고 더럽게
만들며 자기 가슴과 얼굴을 때렸다.
사람들이 그 주위에 모여 있는 동안
아르간테가 가운데로 가서 말했다.

"그 용감한 여인이 밖에 남은 것을   102
처음 깨달았을 때 나는 바로 그녀를
따라가려 했고, 그녀와 함께 똑같은
운명을 만나기 위하여 달려갔습니다.
내가 무얼 하지 않았겠어요? 성문을
열라고 왕에게 부탁하지 않았을까요?
왕은 헛되이 부탁하고 항의하는 내게
최고의 권위로 나를 억제하였답니다.

아! 만약 그때 내가 나갔다면 그녀를   103

위험에서 여기로 데려왔거나, 아니면
그녀가 땅을 붉게 적신 곳에서 삶을
기억할 만한 종말로 끝냈을 것이오.
더 무엇을 했겠소? 다른 모든 것은
인간들과 신들의 판단같아 보이니,
그녀는 치명적 죽음을 맞이했고, 나는
지금 내가 해야 할 일을 잊지 않겠소.

아르간테가 약속하는 것을 들어라,   104
예루살렘아. 하늘도 들으시오. 만약
못 지키면 머리에 벼락을 치십시오.
그녀로 인해 내게서 죽음을 기다리는
프랑스 살인자의 복수를 맹세합니다.
탄크레디의 가슴을 꿰뚫고 치욕적인
주검을 까마귀에게 남겨줄 때까지
이 검을 옆구리에서 풀지 않을 거요."

그는 그렇게 말했고 모여든 군중은   105
그 마지막 말을 환호로 받아들였고,
단지 기대하던 복수를 상상하면서
그의 쓰라린 고통들을 진정시켰다.
오, 헛된 맹세들이여! 커다란 희망에
곧바로 정반대의 결과가 뒤따랐으니,
그는 일대일 결투에서 벌써 이겼다고

말하는 자의 발밑에 죽어 쓰러졌다.[33]

---

33 아르간테와 탄크레디의 결투에 대해서는 나중에 제19곡에서 이야기된다.

제13곡

마법사 이스메노는 지옥의 악마들을 부르며 근처의 숲에 마법을 걸어 공성 기계의 제
작에 필요한 목재를 구하지 못하게 만든다. 용감한 기사들이 시도하지만 숲속의 온갖
유령들을 넘어서지 못하고 두려움에 사로잡혀 돌아온다. 거기에다 끔찍한 가뭄이 그리
스도 진영을 괴롭히고, 고프레도가 간곡하게 기도를 올리자 하느님은 비를 내려준다.

성벽을 공격하는 그 거대한 기계가   1
재로 변해 땅바닥에 쓰러지게 되자
이스메노는 예루살렘이 더 안전하게
되도록 새로운 전략들을 생각하였다.
숲이 프랑스인들에게 필요한 재료를
제공하지 못하게 하고, 이미 맞아서
피해를 입은 시온을 공격할 새로운
탑을 만들 수 없게 만드는 것이었다.

그리스도 진영에서 멀지 않은 곳에[1]   2
외진 계곡들 사이에 큰 숲이 있었고,

---

[1] 하지만 제3곡 56연에서는 6마일이 넘는 곳에 숲이 있다고 했다. 「아가」 2장 1절, 「역대기 상
권」 5장 16절 등에서 언급되는 "사론" 숲을 가리키는 것으로 해석되는데, 예루살렘 서쪽 지
중해 연안의 평지에 있는 지역이다.

오래되고 커다란 나무들이 빽빽하게
온 사방을 음울한 그림자로 덮었다.
이곳은 태양이 가장 밝게 비칠 때도
마치 구름 낀 하늘 아래에서 밤이
되었는지 낮이 되었는지² 모르듯이
빛이 흐릿하고 바래고 침침하였다.

태양이 지면 여기에는 곧바로 밤과   3
안개와 어둠과 공포가 뒤덮었으며,
마치 지옥같이 눈을 멀게 하였고
가슴을 두려움으로 가득 채웠으며,
농부나 목동은 가축과 양 떼를 이곳
그늘이나 목초지로 데려가지 않으며,
여행자는 실수 아니면 들어가지 않고
멀리 돌아가며 손가락으로 가리킨다.

여기에 마녀들이 모이고 밤이 되면   4
마녀들 각각의 연인³도 함께 오는데,
누구는 무서운 드래곤, 누구는 비틀린
숫양의 모습으로 구름을 타고 오며,

---

2 원문에는 se 'l dì a la notte o s'ella a lui succede, 즉 "낮이 밤을 뒤따랐는지, 아니면 밤이
　　낮을 뒤따랐는지"로 되어 있다.
3 악마.

그 악명 높은 모임에서는 욕망하는
대상들의 거짓 영상이 더럽고 추한
화려함과 함께 신성모독적인 연회와
불경스런 결혼식을 하도록 유혹한다.

사람들은 그렇게 믿었고 어느 주민도   5
무서운 숲의 가지 하나 꺾지 않았는데,
그곳만이 공성 기계의 탁월한 재료를
제공하였기에 프랑스인들이 침범했다.
이스메노는 그곳으로 갔고, 밤의 가장
적절하고 깊은 정적을 선택하였으며,
바로 그 다음날 밤에 그곳 숲에서
자신의 원을 그리고 표시들을 했다.[4]

그리고 허리띠를 풀고 한쪽 맨발을   6
원 안에 넣고 강력한 주문을 외웠다.
얼굴을 세 번 동쪽을 향하여 돌렸고
세 번 태양이 지는 고장으로 돌렸고,
무덤에 묻힌 사람을 끌어내 움직이게
만드는 지팡이를 세 번 두드렸으며,
맨발로 땅바닥을 세 번 구른 다음
무서운 고함 소리로 이렇게 말했다.

4   검은 마법의 의례를 위한 표시들이다.

"들으시오, 들으시오, 천둥과 번개가   7
별들에서 아래로 떨어뜨린 당신들,[5]
허공중에 떠돌아다니며 살아가면서
폭풍우와 태풍을 움직이는 당신들,[6]
그리고 무섭고 사악한 영혼들에게
영원한 고통들의 관리자인 당신들,[7]
지옥의 주민들, 사악한 불의 왕국의
주인인 당신[8]을 이곳으로 부릅니다.

내가 표시하여 당신들에게 건네는   8
이 숲과 이 나무들을 지켜주시오.
몸이 영혼의 집이자 옷인 것처럼
각 나무는 당신들 각자의 것이니,
프랑스인이 달아나거나 첫 도끼질에
멈추고 당신들을 두려워하게 하시오."
그리고 다시 말할 수 없을 정도로
사악하고 모욕적인 말을 덧붙였다.

그런 말에 맑은 밤하늘을 장식하는   9

---

5 하늘에서 지옥으로 떨어진 반역 천사들, 즉 악마들을 가리킨다.
6 일설에 의하면 반역한 천사들의 숫자가 많아서 일부는 지옥의 악마가 되었고, 또 일부는
      사람들 주위의 허공에 남아 폭풍우를 일으키거나 다른 악행을 저지른다고 믿었다.
7 악마들은 죽은 뒤 지옥에 떨어진 영혼들에게 각종 고통을 가한다고 믿었다.
8 사탄 또는 루키페르.

별들의 색깔이 창백하게 바랬으며,
달은 흔들렸고 뾰족한 끄트머리[9]를
구름 속에 감추면서 나오지 않았다.
화가 난[10] 그는 더욱 강하게 외쳤다.
"소환된 자들이여, 아직 안 옵니까?
왜 망설입니까? 혹시 더 강하거나
더 비밀스런 목소리를 기다립니까?

오래 쓰지 않았지만 강력한 마법의   10
효과적인 도움을 아직 잊지 않았고,
지옥[11]도 거부하거나 꺼리지 못하고
사탄도 복종에 소홀히 하지 못하는
위대하고 두려워하는 이름을 나도
피로 더럽혀진 혀로 말할 줄 안다오.
그런데?… 그런데?…" 말하려 했지만
마법이 효과가 있다는 것을 알았다.

수많은 악마들이 무수하게 왔는데,   11
일부는 허공에 거주하며 떠돌았고

---

9 원문에는 coma, 즉 "뿔들"로 되어 있는데, 초승달이나 그믐달의 뾰족한 양쪽 끝을 가리킨다.
10 자신의 마법 주문에 악마들이 아직 나타나지 않았기 때문이다.
11 원문에는 Dite(라틴어로는 Dis)로 되어 있다. 로마 신화에서 디스 파테르Dis Pater, 말하자
면 "부(富)의 아버지"는 지하 세계를 관장하는 신으로 그리스 신화의 하데스 또는 플루톤에
해당한다. 단테는 『신곡』에서 반역한 천사들의 우두머리 루키페르가 있는 하부 지옥을 그
렇게 불렀다.

또한 일부는 땅속의 어둡고 깊숙한
바닥에서 나왔으며, 전쟁에는 직접
개입하지 말라고 금지시킨 위대한
명령[12]에 아직 당황하고 망설였지만,
여기에 와서 나뭇잎과 몸통 사이로
들어가는 것은 금지되지 않았다.

자기 계획에 부족한 것이 없었기에   12
이제 마법사는 즐겁게 왕에게 갔다.
"폐하, 걱정 말고 편안히 계십시오.
이제 폐하의 높은 옥좌는 안전하고
프랑스 군대는 원하는 만큼 높다란
기계를 다시 만들 수 없을 것입니다."
그렇게 말한 다음 그는 자기 마법의
결과를 상세하게 왕에게 설명했다.

그리고 덧붙였다. "여기에다 내가   13
덧붙인 일은 내가 보아도 좋습니다.
곧이어 하늘의 사자자리에서 화성이
태양과 만난다는 것을 아셔야 합니다.
비나 이슬을 담은 바람이나 구름도
그 뜨거운 불꽃을 억제하지 못하니,

---

12 대천사 가브리엘의 명령이다(제9곡 63~66연 참조).

하늘에서 그런 일이 일어나면 모두
불행하고 극심한 가뭄을 예언하는데,

그을린 나사모네스 또는 가라만테스[13]   14
사람들이 느끼는 더위가 여기 옵니다.
우리는 시원한 그늘과 물과 편리함이
가득한 도시 안에서 심각하지 않지만,
프랑스인들은 메마르고 불편한 땅에서
절대 충분하게 견뎌내지 못할 것이며,
게다가 기후에 굴복하기 전에 이집트
군대에게 쉽게 패배하게 될 것입니다.

폐하는 앉아서 승리할 테니 더 이상   15
행운을 시도할 필요가 없을 것입니다.
하지만 어떤 휴식을 원치 않고 필요한
경우에도 경멸하는 오만한 아르간테가
전처럼 폐하를 재촉하고 괴롭힌다면,
그를 억제할 방법을 찾아야만 합니다.
머지않아 하늘이 우리에게는 평화를,
적에게 전쟁을 줄 것이기 때문입니다."

---

13 헤로도토스가 『역사』에서 언급하는 나사모네스Nasamones 족과 가라만테스Garamantes
족 사람들은 고대 아프리카 북부에 거주하던 민족이라고 한다.

그의 말을 듣고 왕은 안심이 되었고　　　　　　　　16
적의 힘을 두려워하지 않게 되었다.
공성 기계들의 충격을 받아 부서진
성벽은 벌써 일부 수리를 마쳤지만,
그럼에도 불구하고 부서지고 약해진
곳들의 복원 작업을 늦추지 않았다.
시민이든 종이든 모든 사람이 여기
몰두했고 작업은 열심히 계속되었다.

하지만 그동안에 고프레도는 만약　　　　　　　　17
먼저 가장 큰 탑과 다른 기계들이
다시 제작되지 않는다면, 쓸모없이
강한 도시를 공격하고 싶지 않았다.
그래서 그 용도에 적합한 재료들을
공급하도록 일꾼들을 숲으로 보냈고,
일꾼들은 새벽녘에 숲으로 갔지만
새로운 두려움의 출현에 멈추었다.

마치 순진한 아이가 이상한 유령이　　　　　　　　18
있는 곳을 감히 바라보지 못하거나
어두운 밤에 괴물들과 특이한 일들을
단지 상상만 해도 두려워하는 것처럼,
혹시 두려움에 감각들이 키마이라나
스핑크스보다 무서운 것을 상상하는지

모르겠으나, 그들은 두렵게 하는 것이
무엇인지 알지도 못하고 두려워했다.

일꾼들은 돌아왔는데, 너무 놀라고   19
당황해 겪은 일을 너무 혼란스럽게
말했기에 나중에는 조롱을 받았으며
그 경이로운 일들을 믿지도 않았다.
그러자 대장은 선택받은 대담하고
용감한 기사들의 부대를 파견하여
그들을 호위하고 맡은 자기 임무를
수행할 수 있도록 도와주게 하였다.

기사들은 그 야생 숲에서 악마들이   20
두려움을 준 장소에 가까이 도착해
검은 그림자들을 보자마자 곧바로
가슴이 떨렸고 차갑게 얼어붙었다.
그런데도 대담한 모습 아래 소심한
두려움을 감추고 계속 나아갔으며,
이제 마법에 걸려 있는 장소로부터
그다지 멀지 않은 곳까지 전진했다.

그러자 숲에서 갑작스러운 소리가   21
나왔는데 땅이 울리는 소리 같았고,
바람들이 웅얼거리는 소리와 암초들

사이에 울리는 파도 소리가 들렸다.
사자가 울부짖고, 뱀이 쉭쉭거리고,
늑대가 짖고, 곰이 포효하는 것처럼
나팔 소리와 천둥소리가 들렸으며
그 모든 소리가 하나처럼 들려왔다.

그러자 모두의 얼굴이 창백해졌고   22
온갖 표시들로 두려움이 나타났고,
어떤 훈련이나 이성의 힘도 앞으로
나아가거나 멈추게 할 수 없었으니,
그들을 강타하는 감추어진 힘들에
그들의 방어력은 적절하지 않았다.
결국 달아났고, 그들 중 한 사람은
고프레도에게 사건을 이렇게 전했다.

"나리, 이제 숲을 자르려는 사람이   23
우리 중에는 없습니다. 맹세하건대
사탄이 자신의 왕국을 숲의 나무들
안에다 옮겨놓았다고 생각합니다.
가슴을 강한 금강석으로 세 겹이나
둘렀더라도 감히 볼 사람도 없으며,
얼마나 천둥치고 울부짖고 울리는지
감히 들으려 하는 사람도 없습니다."

그렇게 말했고 그 말을 들은 사람들   24
사이에 우연히 알카스토가 있었는데,
용감하고 엄청나게 무모한 사람이자
사람들과 죽음도 경멸하는 사람이었고,
무서운 짐승도, 사람들에게 끔찍하고
놀라운 괴물도, 지진, 번개, 바람도
이 세상에서 가장 사나운 어느 것도
절대로 두려워하지 않았을 정도이다.

그는 머리를 흔들고 웃으며 말했다.   25
"그가 가지 못한 곳에 내가 가겠소.
혼란스런 악몽의 소굴이 되어버린
그 숲을 내가 혼자서 자를 것이오.
무서운 유령도, 숲과 새들의 소리나
떨림도 나를 막지 못하고, 혹시라도
무서운 숲속에 지옥으로 가는 길이
열리더라도 나를 막지 못할 것이오."

알카스토는 그렇게 장담한 다음에   26
대장에게 허락을 받아 출발하였고,
숲을 살펴보고 거기에서 이상하게
울리면서 나오는 소리를 들었지만,
예전처럼 자신감 있게 경멸하듯이
대담한 발을 뒤로 돌리지 않았으며

보호된[14] 땅을 이미 밟았을 것이나,
타오르는 불이 가로막는 것 같았다.

불은 크게 커졌고 높다란 성벽처럼   27
혼탁한 연기를 뿜는 불꽃을 펼쳤고
그 숲을 둘러쌌으며, 누군가 나무를
자르고 쓰러뜨리지 못하게 막았다.
커다란 불꽃들은 탑들이 솟아 있는
높다란 성과 비슷한 모습이었으며,
그 새로운 지옥은 전쟁 무기들로
자신의 요새들을 무장하고 있었다.

오, 높은 성벽에 무장한 괴물들이   28
무서운 얼굴로 얼마나 많이 있는지!
일부는 위협적인 눈으로 바라보았고
일부는 무기를 두드리며 위협했다.
결국 그는 달아났는데, 마치 사자가
사냥에서 물러나듯 느렸지만 어쨌든
달아났으며, 당시까지 전혀 몰랐던
두려움이 그의 가슴을 뒤흔들었다.

당시는 두려움을 깨닫지 못했지만   29

14 마법으로 보호되었다는 뜻이다.

멀리 떨어진 뒤에야 그걸 깨달았고,
놀라고 화가 났으며, 쓰라린 후회의
날카로운 이빨이 가슴을 깨물었다.
부끄러운 수치심에 달아올라 말없이
당황하여 한쪽으로 걸음을 옮겼으며,
그렇게 자부심이 강렬했던 얼굴을
사람들 앞에서 감히 들 수 없었다.

고프레도의 부름을 받고 망설였고   30
변명을 찾아서 가고 싶지 않았지만,
그래도 천천히 갔고 입을 다물거나
마치 꿈꾸는 사람처럼 이야기했다.
대장은 그의 이례적인 수치심에서
실패하고 도망친 것을 깨달았기에
말하였다. "이제 어떻게 될까? 혹시
마법인가, 자연의 놀라운 기적인가?

하지만 그 야생적인 곳을 탐색해볼   31
고귀한 욕망에 불타는 자가 있다면,
가도 좋소. 그리고 최소한 확실한
소식을 가져오는 임무를 맡으시오."
그렇게 말했고, 이어서 사흘 동안
가장 유명한 기사들이 그 무서운
숲에 도전했지만, 그 위협 앞에서

도망치지 않은 자가 아무도 없었다.

그러는 동안에 탄크레디는 일어나   32
사랑하는 자신의 여인을 묻었으며,
아직 얼굴은 창백하고 힘이 없어서
투구나 갑옷을 입기에 힘들었지만
그런데도 필요한 일을 깨달았기에
위험이나 노고를 회피하지 않았으니,
생명력 넘치는 마음이 몸에 활력을
불어넣어 넘칠 정도였기 때문이다.

용맹스러운 그는 정신을 집중시키고   33
말없이 조심스럽게 미지의 위험으로
가며 숲의 무서운 모습을 견뎌냈고,
천둥과 지진의 큰 소음을 견뎠으며,
전혀 놀라지 않고 느끼는 순간에
가슴에 단지 작은 움직임만 느꼈다.
더 나아갔으며 마침내 갑자기 불의
도시가 일어나는 장소에 도착했다.

그는 멈췄고 의혹 속에 혼자 말했다.   34
"여기에서 무기가 무슨 소용 있을까?
괴물들의 입 안에, 이 엄청난 불꽃의
목구멍 안으로 몸을 던져 들어갈까?

공동 이익의 올바른 이유가 원하면
절대 자기 생명을 아끼지 않겠지만,
고귀한 영혼을 낭비하는 것도 옳지
않으니, 여기서 낭비하는 것이 그래.

하지만 헛되이 돌아가 뭐라고 할까?   35
어떤 다른 숲을 자를 희망이 있을까?
고프레도는 이 장애물을 시도해보기를
원할 것이야. 만약 앞으로 나가보면,
혹시 여기서 눈앞에 일어난 이 불은
겉모습보다 효과가 적을지도 몰라.
될 대로 되라지." 그렇게 말하면서
뛰어들었으니, 오, 놀라운 용기여!

강렬한 불처럼 뜨거움이나 열기가   36
갑옷 안에 느껴지지 않는 듯했지만,
진짜 불꽃인지 아니면 허깨비인지
바로 감각으로 판단할 수 없었으니,
그 허상은 닿자마자 바로 사라졌고
빽빽한 구름이 몰려와 밤과 추위를
가져왔으며, 그 추위와 어두움까지
순식간에 다시 사라졌기 때문이다.

탄크레디는 물론 놀랐지만 대담하게   37

남아서 말없이 모든 것을 살펴본 뒤
그 불경스런 장소로 자신 있게 발을
내디뎠고 숲의 모든 비밀을 염탐했다.
이제는 특이하고 이상한 형상도 없고
장애물이나 길을 막는 것도 없었으며
단지 뒤엉키고 어두운 숲이 당연하게
시야를 가리고 걸음을 늦췄을 뿐이다.

마침내 원형 극장 모양으로 널찍한   38
공간을 보았는데, 안에 나무도 없이
단지 한가운데에 높은 피라미드처럼
삼나무 한 그루가 높이 솟아 있었다.
그는 그곳으로 향했고, 나무 몸통에
이상한 기호들이 새겨져 있었는데,
옛날 신비로운 이집트가 글씨 대신
사용한 것과 비슷한 기호들[15]이었다.

미지의 기호들 중에서 그가 잘 아는   39
시리아 언어의 일부 문자를 발견했다.
"오, 죽음의 장소 안으로 과감하게
발을 들여놓은 그대 용감한 기사여,
아! 용감한 만큼 잔인하지 않다면

15 고대 이집트의 상형문자를 가리킨다.

아! 이 비밀 장소를 뒤흔들지 마라.
이미 빛을 잃은 영혼들을 용서하고,
산 자는 죽은 자를 괴롭히지 마라."

글은 그렇게 말했고, 그는 그 짧은   40
글의 감추어진 의미에 몰두하였다.
그동안 숲의 나뭇잎들과 가지들
사이에서 바람이 계속해서 떨렸고
사람들의 탄식과 흐느낌이 약하게
섞인 것 같은 소리가 흘러나왔고,
무엇인가 혼란스러운 것이 가슴에
연민과 놀라움과 고통을 유발했다.

그래도 검을 뽑았고 커다란 힘으로   41
그 높은 나무를 쳤다. 오, 놀랍구나!
쪼개진 껍질에서 피가 흘러나왔으며
그곳 주변의 땅을 빨갛게 물들였다.
그는 오싹해졌지만 타격을 강화하여
무슨 일이 일어날지 보려고 하였다.
그러자 무덤에서 나오듯 불분명하고
고통스러운 신음소리가 새어나왔고,

이어 분명한 목소리로 "아, 심하다!   42
날 해쳤어요. 탄크레디. 그만하세요.

나를 위해 함께 살았던 행복한 거처
육신에서 당신은 나를 내쫓았지요.
내 불행한 운명이 갇혀 있는 불쌍한
이 몸통을 왜 또다시 망가뜨려요?
죽은 뒤에 당신의 적들을 잔인하게
그들의 무덤 안에서 해치고 싶어요?

나는 클로린다였고, 이 거친 나무에   43
사는 인간 영혼은 나 혼자가 아니오.
프랑스인이든 이교도든, 성벽 아래에
육신을 남긴 사람 모두가 여기에서
새롭고 이상한 마법에 걸려 있으며,
이곳이 육신인지 무덤인지 모르겠소.
나뭇가지와 몸통의 감각은 살았는데,
나무를 자르다니 당신은 잔인하군요.”

마치 환자가 때로는 꿈에 드래곤이나   44
불꽃에 휩싸인 키마이라를 보게 되면,
최소한 부분적으로 그게 진짜 모습이
아닌 허상이라는 것을 깨달으면서도
무섭고 끔찍한 형상이 두렵게 하니
어쨌든 달아나려고 시도하는 것처럼,
그 소심한 연인은 속임수를 충분히
믿지 않으면서도 두려워 물러났다.

안으로 가슴은 여러 감정에 너무나   45
압도되어 차갑게 얼어붙고 떨렸으며,
급격하고 강한 박동에 검이 떨어졌고
두려움이 감정들 중에 가장 약했다.[16]
거의 정신을 잃었고, 울고 신음하는
부상당한 여인이 앞에 있는 듯했고,
그 피를 보는 것을 견딜 수 없었고,
연약한 신음소리를 들을 수 없었다.

그렇게 죽음 앞에도 대담한 마음은   46
어떤 무서운 형상에도 전혀 놀라지
않았는데, 단지 사랑에 약한 그는
거짓 모습과 거짓 탄식에 속았다.
그러는 동안 떨어진 검은 격렬한
바람에 숲 밖으로 날아가 버렸고,
그렇게 패배하여 되돌아가던 그는
길에서 검을 다시 발견해 찾았다.

그래도 숲으로 다시 가서 감춰진   47
원인을 탐색하려 시도하지 않았다.
최고 대장 앞에 도착해 어느 정도
정신을 집중하고 마음을 진정한 뒤

---

16 두려움에 비해 놀라움, 연민, 사랑, 고통 같은 다른 감정이 더 강렬했다는 뜻이다.

말했다. "나리, 전혀 믿지도 않았고
믿을 수 없는 것들을 전하겠습니다.
무서운 형상들과 놀라운 소리들에
대해 말한 것은 모두 사실입니다.

그리고 놀라운 불이 나타났는데   48
탈 것도 없이 순식간에 타올랐고,
성벽처럼 솟아올라 넓게 퍼졌으며
무장한 괴물들이 지키는 듯했지요.
그래도 지나갔는데 불이 태우지도
않고 검이 길을 막지도 않았어요.
그 순간 어두워지고 추워졌다가
잠시 후에 환해지고 맑아졌습니다.

거기에다 나무들이 사람의 영혼을   49
가진 것처럼 느끼고 말도 했습니다.
제가 직접 보았어요. 지금도 약하게
마음속에 울리는 목소리를 들었고,
마치 사람들의 부드러운 피부처럼
몸통의 상처에서는 피가 흘렀지요.
아니, 졌다고 인정해요. 이제 껍질을
벗기고 나뭇가지를 꺾을 수 없어요."

그렇게 말했고, 대장은 그동안에   50

생각들의 큰 폭풍우에 뒤흔들렸다.
자신이 판단하듯 직접 거기에 가서
마법에 다시 도전해볼까, 아니면
더 멀리에서 다른 목재를 조달할까
생각하였지만, 그것도 쉽지 않았다.
생각들에 깊이 몰두해 있는 대장을
은둔자가 부르더니 이렇게 말했다.

"대담한 생각을 버리세요. 숲에서   51
다른 사람이 나무를 구해야 해요.
벌써 운명의 배가 외로운 해변에서
이물을 돌리고 황금빛 돛을 펼쳤고,
부당한 사슬들이 벌써 끊어졌으며
기다리던 기사[17]가 그곳을 떠났으니,
시온이 정복되고 적이 패배하도록
이미 정해진 시간이 멀지 않았소."

얼굴이 불처럼 붉어진 그는 말했고   52
그의 말에는 초인적인 것이 울렸다.
고프레도는 무기력하게 있고 싶지
않았기에 새로운 생각에 몰두했다.

17 리날도.

하지만 벌써 게자리[18] 안으로 들어간
태양은 이례적인 가뭄을 가져왔고,
그의 계획과 기사들에게 적대적으로
모든 노고를 견딜 수 없도록 했다.

하늘에서 우호적인 별은 꺼졌으며   53
잔인한 별들이 그곳을 지배하면서
거기에서 사악하고 부정한 기운을
전달하고 새기는 힘들이 쏟아졌다.
해로운 열기가 늘고 여기저기에서
더욱더 치명적으로 불타올랐으며
사악한 낮보다 더 사악한 밤이 왔고
더 나쁜 낮이 오리라고 예상되었다.

이제 태양은 언제나 내부나 주위가   54
온통 핏빛 증기에 둘러싸여 있으며,
불행한 하루의 음울한 예언을 아주
뚜렷하게 얼굴에 보이면서 떠올랐고,
돌아올 때 똑같은 고통을 위협하고
미래의 고통에 대한 두려움과 함께
이미 겪은 불행을 더 악화시키면서
항상 붉은 얼룩들에 젖어 기울었다.

18 하지만 앞의 13연에서는 "사자자리"라고 했다.

높은 데서 햇볕을 퍼뜨리는 동안   55
치명적인 눈길을 주위로 돌렸으니,
꽃이 시들고 나뭇잎이 창백해졌고
목마른 풀잎이 힘없이 시들었으며,
땅이 갈라지고 파도가 줄어들었고
모든 것이 하늘의 분노에 굴복했고,
허공에 흩어져 있는 불모의 구름은
사람들에게 마치 불꽃처럼 보였다.

하늘은 음울한 용광로 모습이었고   57
최소한 눈을 회복해줄 것도 없었고,
제피로스[19]는 자기 동굴에서 침묵했고
모든 것이 대기의 착란에 정지했다.
단지 아프리카 사막[20]에서 불어오는
횃불의 불꽃 같은 바람만 불어왔고,
빽빽한 입김으로 무겁고 불쾌하게
가슴과 뺨을 번갈아가며 강타했다.

달콤한 잠은 밤들로부터 추방되어   58
달아났고, 고통에 약해진 사람들은

---

19 그리스 신화에서 서쪽에서 불어오는 바람의 신으로, 주로 가볍고 따스한 바람을 상징한다.
20 원문에는 l'arene maure, 즉 "마우레타니아의 모래밭"으로 되어 있는데, 마우레타니아
     Mauretania는 고대 아프리카 북서부, 현재의 모로코 북부와 알제리 중서부를 가리키던 지
     명이었다.

잠을 유혹해 옆에 데려올 수 없었고,
가장 극심한 고통은 갈증이었으니,
유다처럼 사악한 자[21]는 치명적이고
역겨운 독약과 즙액으로 모든 샘을
지옥의 스틱스나 아케론 강보다도
더럽고 혼탁하게 만들었기 때문이다.

프랑스인들에게 맑고 깨끗한 보물을   59
친절히 제공하던 작은 실로아 강[22]은
메마른 바닥 위로 따스한 물줄기가
겨우 흐르며 빈약한 위안을 주었다.
5월 가장 물이 깊을 때의 포 강도,
일곱 하구에 만족하지 못하고 녹색
이집트에 넘치는 나일[23]이나 갠지스도
그들의 욕망에 넘치지 않을 것이다.

만약 어떤 사람이 녹색의 호숫가에   60
은빛 물이 고여 있거나, 시원한 물이
산에서 아래로 격렬하게 흘러가거나
풀밭으로 천천히 흐르는 것을 보면,

---

21 알라디노.
22 티레의 굴리엘모에 의하면 예루살렘 동쪽에 있던 작은 개울이라고 한다. 「이사야서」 8장 6
절에서도 언급되는데, 기혼 샘의 물로 형성된 두 개의 연못을 가리키는 것으로 짐작된다.
23 나일 강 델타는 일곱 개의 주요 하구와 다른 작은 하구들로 형성되어 있었다고 한다.

그건 헛된 욕망을 만들고 보여주며
그의 고통에 소재를 제공하였으니,
시원하고 생생한 모습은 생각에서
갈증을 더욱 심화시켰기 때문이다.

보라, 기사들의 강건한 팔다리들이   61
험준한 땅으로 걸어가던 행군에도,
언제나 무겁게 입던 강철 갑옷에도,
죽이려던 검에도 굴하지 않았는데,
이제 열기에 그을리고 약해졌으며
자체가 불필요한 무게로 누워 있고,
혈관 안에 숨어 사는 불이 조금씩
갉아먹으면서 파괴시키고 있었다.

용맹하던 말도 약해졌고, 좋아하던   62
먹이인 풀도 싫은 듯 먹지 않았으며,
허약한 다리가 흔들리고, 당당하던
머리는 아래로 힘없이 기울었으며,
이제 승리의 기억도 남지 않았고
영광의 사랑도 타오르지 않았으며,
승리의 전리품과 풍부한 장식들도
헛된 무게처럼 증오하고 경멸했다.

충직한 개도 약해졌고 자기 주인과   63

사랑스런 집에 대한 배려를 잊었고,
길게 누워서 계속 헐떡이며 내면의
열기에 새로운 공기를 불어넣었지만,
가슴속의 열기를 식히도록 자연이
동물들에게 호흡할 수 있게 했다면,
이제는 들이마시는 공기가 **빽빽**하고
무거워서 전혀 식혀주지 못하였다.

그렇게 대지는 시들고 그런 상태로   64
초라한 인간들은 지쳐 누워 있었고,
착한 신자들의 백성은 이제 승리의
희망 없이 최후의 악을 두려워했고,
진영의 사방에서 보편적인 목소리로
이렇게 탄식하는 소리가 들려왔다.
"모든 진영이 죽음으로 떨어지는데
고프레도는 뭘 원하고, 왜 망설이지?

세상에! 어떤 힘으로 우리 적들의   65
높은 방벽을 넘어가려고 하는 거야?
어디서 기계를 만들 거야? 하늘이
분노하는 징조들을 못 보는 거야?
다양하고 많은 이변들과 괴물들이
적대적인 하늘의 뜻을 보여주고,
인도 사람이나 에티오피아 사람이

부러울 정도로²⁴ 우리를 불태우잖아.

그러니까 자기 통치권을 유지하려고   66
우리는 게으르고 가치 없는 무리로,
쓸모없는 영혼으로 힘들게 죽어도
중요하지 않다고 생각하는 것이야?
그러니까 통치하는 사람의 운명은
얼마나 행운 있는 운명을 닮았기에,
통치받은 사람들의 피해가 있어도
그렇게 탐욕스럽게 지키려는 거야?

경건하다는 칭호를 가졌는데 얼마나   67
자비와 인간적 마음을 가졌는지 봐.
헛되고 해로운 명예를 간직하려고
자기 부하들의 생명을 잊고 있어.
우리에게 샘물과 강들이 말랐는데
자신은 요르단 강에서 물을 가져와
몇몇 사람과 즐겁게 식탁에 앉아서
크레타 포도주를 시원한 물과 섞어.”

그렇게 프랑스인들은 말했고 그들의   68
깃발을 따르는 데 지쳐버린 그리스

---

24 원문에는 che minore uopo di refrigerio ha, 즉 “시원함이 덜 필요할 정도로”로 되어 있다.

대장[25]은 "왜 여기에서 죽어야 해?
왜 내 부대가 나와 함께 죽게 해?
고프레도가 광기에 눈이 멀었다면
자기와 프랑스 사람들의 손해인데,
왜 우리가 손해를 보지?" 그러고는
허락도 없이 밤중에 몰래 가버렸다.

날이 밝아 알려지며 그것은 동요를   69
유발하였고 일부는 모방하려고 했다.
이제 뼈와 먼지가 된[26] 클로타레오와
아데마로 등 지휘관을 따르던 자들은,
그 지휘관들에게 맹세하였던 충성을
모든 것을 녹이는 갈증이 녹였기에,
벌써 탈출에 대해 말했고, 누군가는
밤의 어두움에 몰래 떠나기도 했다.

고프레도는 모든 것을 듣고 보았고   70
아주 힘든 처방을 준비해두었지만
싫어하여 회피했으며, 산을 옮기고

---

25 타티노(제1곡 51연 참조). 여기에서 이야기하는 것은 역사적 사실이지만 타소는 자의적으
        로 수정하고 있다. 실제로 타티노의 이탈은 예루살렘이 아니라 그 이전에 안티오키아 근처
        에서 일어났다.
26 전투 중에 사망한 것을 뜻한다. 클로타레오와 아데마로는 클로린다의 화살에 맞아 죽었
        다.(제11곡 43~44연 참조)

강물을 멈춰 세울 정도의 믿음으로
경건하게 온 세상의 왕께 은총으로
이제 샘물을 열어달라고 기도했고,
두 손을 모으고 경건함에 타오르는
눈과 기도를 하늘을 향해 올렸다.

"아버지, 당신의 백성에게 사막에서   71
달콤한 이슬을 비처럼 내려주셨고,[27]
사람의 손에 능력을 주시어서 산의
바위를 깨뜨려 생생한 물이 흐르게
하셨다면,[28] 이제 그와 똑같은 예를
보여주시고, 공덕이 똑같지 않다면
은총으로 부족한 것을 채워주시고,
당신의 기사로 일컬어지게 해주소서."

그 정당하고 소박한 열망에서 나온   72
기도는 조금도 머뭇거리지 않았으니,
깃털 달린 새처럼 가볍고 날렵하게
하늘로 날아가 하느님 앞으로 갔다.
아버지께서는 기도를 받아들이셨고

---

27 하느님은 광야의 이스라엘 백성에게 만나를 내려주었다.(「탈출기 16장 13~15절 참조) 만
나는 이슬이 걷힌 뒤에 남은 "땅에 내린 서리처럼 잔 알갱이들"이었다고 한다.
28 하느님이 말한 대로 모세는 호렙 산에서 지팡이로 바위를 쳐 물이 터져 나오게 하였다.(「탈
출기」 17장 5~7절 참조)

충실한 군대를 경건하게 바라보셨고,
그들의 그렇게 힘든 위험과 노고에
마음이 아팠고 친절하게 말하셨다.

"내가 사랑하는 진영이 지금까지   73
힘들고 위험한 역경들을 겪었으며,
그들을 향해 지옥과 무장한 세상이
무기와 감춰진 마법을 사용했구나.
이제부터 새로운 질서가 시작되어
그들이 번창하고 행복하게 되리라.
비가 오고, 불굴의 기사[29]가 돌아오고,
이집트 군대가 그의 영광을 더하리라."

그렇게 말하시면서 머리를 흔드셨고   74
넓은 하늘과 행성과 항성[30]이 떨었고,
대기와 대양의 벌판과 산들과 깊은
심연들[31]이 경건한 몸짓으로 떨었다.
왼쪽에서는 불붙은 번개가 번득였고
동시에 맑은 천둥소리가 들려왔으며,
사람들은 즐겁고 커다란 목소리로

29 리날도.
30 원문에는 i lumi erranti e fissi, 즉 "떠도는 빛들과 고정된 빛들"로 되어 있다.
31 지옥.

그 번개와 천둥소리를 맞이하였다.

그러자 바로 태양의 힘으로 위로   75
올라간 구름들이 아니라 하늘에서
빠른 속도로 내려온 구름들이 모두
자신의 문을 활짝 열고 펼쳤으며,
그러자 갑자기 밤이 낮을 덮었고
어두운 그림자가 사방으로 퍼졌다.
격렬한 비가 뒤따랐고, 강이 불어
강바닥에서 밖으로 넘치며 흘렀다.

때로는 여름철에 그렇게 열망하던   76
비가 하늘에서 쏟아져 내릴 때면
시끄러운 오리 떼가 마른 강변에서
즐겁고 거칠게 울면서 기다리다가,
차가운 비에 날개를 펴고 아무도
비에 젖는 것을 피하지 않으면서
깊은 바닥으로 비가 모이는 곳에
뛰어들어 갈증의 욕망을 해소하듯이,

그렇게 그들은 외치면서 자비로운   77
하느님의 오른손이 내려주는 비를
즐겁게 맞이하였고, 모두들 머리와
몸이 비에 젖는 것을 기뻐하였고,

잔으로 마시거나 투구로 마셨으며,
누구는 시원한 물에 손을 적셨고,
누구는 얼굴이나 뺨에다 뿌렸고,
누구는 현명하게 병들에 담았다.

이제는 단지 사람들만 즐거워하고   78
고통에서 회복되었을 뿐만 아니라,
메마르고 고통스러웠던 땅도 역시
갈라졌던 팔다리를 비로 채우면서
다시 새로워지고 기운을 되찾았고,
깊은 혈관들 속까지 비로 적시고
영양분이 풍부한 습기를 나무들과
풀과 꽃에게 너그럽게 공급하였다.

마치 병든 사람에게 생명의 액이   79
메마른 내부를 다시 회복해주면서
그의 몸을 먹이와 미끼로 먹었던
병의 원인을 깨끗이 제거함으로써,
회복하여 기운을 찾게 해주고, 가장
신선하고 젊은 시절처럼 만들어서
자신의 지나간 고통을 잊어버리고
화관과 멋진 옷을 입는 것 같았다.

마침내 비가 그치고 해가 솟았지만   80

부드럽고 온화한 햇살을 펼쳤으며,
4월 말에서 5월 초 사이에 언제나
그렇듯 남성적인 활력으로 가득했다.
오, 하느님을 잘 섬기고, 허공에서
모든 치명적 악을 몰아내고, 계절의
순서와 상태를 바꾸며 운명과 별의
분노를 극복하는 고귀한 믿음이여!

제14곡

고프레도의 꿈을 통해 하느님은 리날도만이 숲의 마법을 깨뜨릴 수 있다고 알려준다. 고프레도는 리날도를 찾기 위해 카를로와 우발도를 전령으로 보낸다. 아스클론의 마법사는 전령들에게 아르미다가 마법으로 리날도를 사로잡아 멀리 떨어진 '행운의 섬들'로 데려갔다고 알려준다. 그리고 어떻게 리날도에게 갈 수 있는지 자세하게 방법을 알려준다.

이제는 위대한 어머니의 부드럽고　　　　　　　　　　　　　　1
시원한 배에서 어두운 밤이 나왔고,
가벼운 바람들과 귀중하고 순수한
비를 머금은 넓은 구름을 가져오고,
젖은 베일 자락을 흔들면서 습기를
꽃들과 녹음들에게 뿌려주었으며,
작은 바람들은 날개를 퍼덕이면서
사람들을 달콤한 잠으로 유혹했다.

그들은 낮이 가져온 모든 생각을　　　　　　　　　　　　　　2
깊고 달콤한 망각 속에 내던졌다.
하지만 세상의 왕께서는 당신의
옥좌에 앉아 영원한 빛을 보시며
하늘에서 프랑스의 대장을 향해
너그럽고 즐거운 시선을 보내셨고,

높은 칙령이 그에게 드러나도록
조용한 꿈을 그에게 보내주셨다.

태양이 나오는 황금 문 가까이에   3
동쪽으로 크리스털 문이 있는데,
그 문은 언제나 그렇듯 태어나는
태양의 문이 열리기 전에 열린다.
거기에서 나오는 꿈을 하느님께서
순수한 마음에게 보내려고 하셨고,
고프레도에게 가는 꿈이 이제 황금
날개를 펼치고 거기에서 내려갔다.

누구의 꿈에서도 지금의 이것처럼   4
그렇게 아름답거나 모호한 모습은
제공되지 않았는데, 그것은 하늘과
별들의 비밀을 그에게 열어주었고
그리하여 마치 거울처럼 진정으로
위의 별들에 있는 것을 깨달았다.
그는 황금 불꽃들로 가득 장식된
하얗고 밝은 곳에 온 것 같았고,

그 높은 곳에서 넓이와 움직임과   5
빛들과 조화를 바라보는 동안에
완전히 빛살과 불꽃에 둘러싸인

어느 기사가 그를 향해 다가왔으며
지상의 가장 달콤한 소리도 거기에
비교하면 거친 목소리로 말하였다.
"고프레도, 왜 인사 안 해? 충실한
친구를 몰라? 우고네[1]를 모르겠어?"

그는 대답했다. "경이롭게 태양으로   6
장식된 것 같은 그런 새로운 모습에
내 지성이 옛날에 알고 있던 것에서
벗어나 이렇게 늦게야 알아보겠네."
그런 다음 달콤한 친구의 우정으로
세 번이나 팔로 그의 목을 감았지만,
세 번 모두 껴안은 모습은 가벼운
꿈이나 헛된 바람처럼 빠져나갔다.

그는 미소 지으며 "그대가 믿듯이   7
나는 지상의 옷을 입지 않았다네.
여기 하늘나라의 주민으로 순수한
형식과 헐벗은 영혼을 보고 있지.
여기는 하느님의 성전이고, 이곳은
기사들의 자리로 그대도 올 것이네."
"언제 그럴까? 여기에 머무는 것에

---

1   제1곡 37연 참조.

방해된다면 필멸의 끈[2]을 풀어주게."

우고네는 대답했다. "곧바로 그대는   8
승리자들의 영광에 들어갈 것이지만,[3]
그보다 먼저 저 아래에서 싸우면서
많은 피와 땀을 흘려야 할 것이네.
그대는 먼저 이교도들에게서 신성한
고장의 지배권을 빼앗아야만 하고,
거기에다 그리스도 왕국을 세우고
그대 동생[4]이 통치해야 할 것이네.

하지만 그대 욕망이 이곳 사랑에서   9
더욱 생생해지게 이 눈부신 거처[5]와
영원한 정신이 형성하고 움직이는
이 생생한 불꽃들[6]을 깊이 응시하고,
천사의 조화에 신성한 무사 여신들과
그들의 천상 음악 소리를 들어보게."
그리고 땅을 가리키면서 "저 마지막
공[7]이 담고 있는 것을 자세히 보게나.

---

2   육신.
3   실제로 고프레도는 예루살렘을 정복한 이듬해에 사망한다.
4   발도비노.
5   천국.
6   축복받은 영혼들.
7   지구는 엠피레오, 즉 천국에서 볼 때 가장 멀리 있는 공이다.

저 아래서 인간 덕성에 대한 보상과   10
갈등들의 원인은 얼마나 하찮은지!
얼마나 좁은 공간에, 얼마나 황량한
외로움 속에 너희의 영광이 있는지!
땅은 섬처럼 주위 바다에 둘러싸이고
방대하다고 대양이라 부르는 바다는
그런 말에 합당한 것이 전혀 없이
얕은 늪이나 조그마한 웅덩이라네."

그렇게 말했고 고프레도는 아래를   11
바라보며 경멸하듯 미소를 지었다.
여기서는 여러 모습으로 구별되는
바다, 땅, 강이 한 점으로 보였고,
어리석은 우리 인간은 그림자와
허상에 이끌려서 예속과 덧없는
명성을 찾으면서, 이끌고 부르는
하늘을 보지 않는 것을 깨달았다.

그래서 "지상의 감옥[8]에서 벗어나는   12
것을 아직 하느님께서 싫어하시니,
지상의 오류들 중에서 덜 그릇된
길을 나에게 알려주기를 간청하네."

8 육신.

우고네는 "지금 그대가 가는 길이
옳은 길이니 거기서 벗어나지 말고,
다만 나는 베르톨도의 아들[9]을 먼
추방에서 다시 부를 것을 권하네.

높으신 섭리가 그대를 위업[10]의 최고   13
대장으로 선발하셨다면, 동시에 그는
그대 결정의 최고 집행자가 되어야
한다고 운명으로 정해졌기 때문이네.
그대에게 첫째 역할, 그에게 둘째가
주어졌고, 그대는 대장, 그는 부대의
집행자로, 다른 사람이 대신 못하고
그대가 맡는 것도 합당하지 않다네.

마법으로 보호된 숲을 자르는 것은   14
단지 그에게만 금지되어 있지 않고,
사람들이 부족하여 커다란 위업에
부적합해 보이고 물러나야 할 것처럼
보이는 그대의 진영이 그에 의하여
새 위업에 커다란 힘을 얻을 것이며,
튼튼하게 보강된 성벽들과 동방의

---

9   리날도.
10   예루살렘을 정복하는 위업을 가리킨다.

강력한 군대[11]를 물리치게 될 것이네."

그러자 고프레도가 말했다. "나에게   15
그가 돌아오면, 오, 얼마나 고마울까!
모든 감춰진 생각을 보는 그대들이
알다시피 나는 그를 사랑하고 있네.
하지만 어떤 제안으로, 어느 쪽으로
그에게 전령을 보낼지 가르쳐주게.
내가 명령할까 아니면 부탁을 할까?
이 결정이 합당하고 올바른 것일까?"

그러자 상대방은 "그대에게 수많은   16
최고 은총을 주신 영원한 왕께서는
통솔하도록 맡기신 사람들[12]이 여전히
그대를 받들고 존경하기를 원하시네.
그러므로 아마 최고 명령권의 요구는
합당치 않으니, 그대가 요청하지 말고
요청을 허용해주게. 다른 사람들의
부탁을 받으면 바로 용서를 해주게.

그 격렬한 젊은이가 진영과 자신의   17

---

11 이집트 군대.
12 십자군 병사들.

명예로 돌아오도록, 지나친 분노로
저지른 실수를 용서하라고 궬포가
하느님의 영감으로 요청할 것이네.
지금 젊은이는 멀리에서 게으름과
사랑 속에 빠져 넋이 나가 있지만,
며칠 안으로 필요할 때에 적절하게
돌아올 테니까 전혀 염려하지 말게.

하늘이 당신 비밀의 높은 소식을   18
나누어주신 그대들의 피에로가
그에 대하여 확실한 소식을 얻을
곳으로 전령들을 인도해줄 것이며,
그를 해방시켜 데려올 수 있도록
방법과 마법을 가르쳐줄 것이네.
그렇게 하늘은 떠도는 모든 동료를
그대의 깃발 아래 인도하실 것이네.

이제 아마 그대에게 중요한 짧막한   19
결론과 함께 내 말을 마무리하겠네.
그대의 피와 그의 피가 섞여 거기서
유명한 영광의 후손이 나올 것이네."[13]

---

13 그러나 고프레도와 리날도의 후손이 결혼하여 유명한 후손을 낳을 것이라는 데 대한 추가
설명이 없고 역사적 근거도 없다.

그리고 그는 바람 앞의 연기처럼,
햇살 앞의 마른 안개처럼 사라졌고
꿈에서 떠나며 그의 가슴에 기쁨과
놀라움이 뒤섞인 느낌을 남겼다.

경건한 고프레도는 두 눈을 떴고   20
벌써 날이 환히 샌 것을 보았기에
휴식을 버리고 일어났으며 노곤한
팔다리 주위에다 갑옷을 입었다.
그리고 가까이에 있는 천막으로
지휘관들이 왔는데, 여러 곳에서
할 일에 대해 논의하고 결정하는
통상적인 모임을 위하여 그랬다.

거기에서 퀠포는 영감으로 마음에   21
주입된 새로운 생각을 갖고 있었고
맨 먼저 고프레도에게 말을 하기
시작했다. "오, 자비로운 군주시여,
나는 용서를 구하러 왔는데, 사실
아직 최근의 잘못에 대한 용서로,
따라서 혹시 성급하고 너무 이른
요구처럼 보일지도 모르겠습니다.

그렇지만 고프레도에게 리날도를   22

위하여 요구했다는 것을 고려하고,
전혀 부당한 중개자가 아닌 내가
용서를 요구했다는 것을 고려하면,
모두에게 유용한 선물이 될 은총을
쉽게 얻을 수 있으리라고 생각합니다.
오! 그가 돌아와서 잘못을 보상하고
모두를 위해 피를 흘리게 해주시오.

만약 그가 아니면, 누가 용감하게   23
경이로운 숲을 감히 자르겠습니까?
누가 더 용감하고 변함없는 용기로
죽음의 위험에 대항해 가겠습니까?
성벽을 흔들고, 성문을 무너뜨리고,
그가 맨 앞에 혼자 올라갈 것이오.
이제 커다란 희망이자 욕망인 그를
제발 당신의 진영에 돌려주십시오.

나에게 조카를, 당신에게는 너무나   24
용감하고 준비된 집행자를 돌려주오.
그가 게으름에 나태해지게 하지 말고
그에게 자기 영광을 함께 돌려주오.
영광의 당신 깃발을 뒤따르게 하고,
그 덕성의 증인이 되도록 허용하고,
당신을 스승이자 지도자로 받들면서

밝은 빛에 합당한 일을 하게 하소서."

그렇게 간청했고, 다른 사람들도 모두   25
우호적인 전율로 그 간청을 따랐다.
그러자 고프레도는 미처 생각하지
않았던 것에 마음을 기울이는 듯이
말했다. "여러분이 원하고 요구하는
용서를 내가 어떻게 거부하겠소?
엄격함이 양보하고, 모두의 동의로
선택되는 것이 이성이자 법률이오.

리날도는 돌아와 이제부터 분노의   26
충동을 더 온건하게 억제하게 하고,
자신과 모두의 욕망으로 이루어진
희망에 위업으로 보답하게 하시오.
하지만 퀠포, 그대가 그를 부르시오.
그는 서둘러 올 것이라고 생각하오.
그대가 전령을 선택하고, 젊은이가
있다고 생각하는 곳으로 보내시오."

그러자 덴마크 기사[14]가 일어서면서   27

---

14 덴마크 스베노 왕자의 기사 카를로. 그는 은둔 수도사로부터 스베노 왕자의 검을 리날도에
   게 전하라는 임무를 부여받았다. (제8곡 36~38연 참조)

"제가 전령으로 가기를 요청합니다.
명예로운 검의 선물을 전하기 위해
저는 위험하고 먼 길도 가겠습니다."
그는 아주 훌륭하고 용감한 기사로
그런 제의가 궬포의 마음에 들었다.
또 신중하고 현명한 사람 우발도[15]가
전령 중 다른 하나가 되려고 했다.

우발도는 젊었을 때 여러 나라와   28
여러 풍습들을 찾아 돌아다녔으며,
우리 세상에서 가장 추운 지방에서
불타는 에티오피아까지 돌아보았고,
덕성과 경험을 얻으려는 사람으로
여러 언어와 풍습과 의례를 배웠고,
성숙한 나이에 궬포의 동료들 중에
하나가 되어 많은 사랑을 받았다.

그 전령들에게 뛰어난 기사를 다시   29
부르는 명예로운 임무가 주어졌고,
궬포는 보에몬도가 통치하고 있는
성벽[16]으로 그들이 가도록 하였는데,

---

15 제1곡 55연에서 이미 언급되었으나, 그에 대한 보다 자세한 정보는 뒤이어 제공된다.
16 안티오키아.

여러 소문과 확실한 견해에 따라
그가 거기 있다고 믿었기 때문이다.
하지만 잘못된 방향이라는 것을 안
피에로가 개입해 의견을 뒤집으며

말했다. "오, 기사들이여, 그대들은   30
통속적인 그릇된 견해를 뒤따르고,
헛되이 잘못된 길로 이끄는 믿지
못할 무모한 지도자를 따르는군요.
이제 아스클론[17]의 가까운 해안으로
강이 바다로 들어가는 곳으로 가오.
거기에 우리의 친구가 나타날 테니
그가 말하는 것을 내 말처럼 믿어요.

그는 천부적으로 많은 것들을 보고,[18]   31
벌써 오래전에 나에게서 그대들의
예정된 여행에 대하여 알고 있으며
현명한 만큼 친절하게 대할 것이오."
그렇게 말했고 카를로와 함께 다른
전령은 그에게 더 이상 묻지 않고,

---

17 아스클론(또는 아스칼론)은 예루살렘 남서쪽 해안의 옛 도시로 현재의 이름은 아슈켈론이
다. 예루살렘을 정복한 십자군은 이곳에서 이집트 군대와 대규모 전투를 벌여 승리했다.
18 천부적인 예언 능력을 갖고 있다는 뜻이다.

성스러운 정신이 으레 전해주는
은둔자의 말에 순종적으로 따랐다.

그들은 작별을 하고 길을 떠났고   32
욕망이 이끄는 대로 지체함 없이
가까운 바다가 해변에 부서지는
아스클론으로 곧장 향하여 갔다.
거칠면서 커다란 바다의 전율이
울리는 소리가 아직 들리기 전에
그들은 어느 강가에 이르렀는데,
최근의 비로 다시 강물이 불어나

강바닥 안에 모두 담을 수 없었고,   33
화살보다 더 빠르게 흐르고 있었다.
그들이 망설이는 동안 존경할 만한
모습의 진지한 노인이 나타났는데,
참나무 관을 쓰고, 하얀 아마 천의
길고 단순한 옷을 걸치고 있었다.[19]
그는 지팡이[20]를 흔들었으며, 마른
발바닥으로 강을 거슬러 건너갔다.

---

19 참나무 관(冠)은 관조적 삶을 상징하고, 하얀 아마 천은 순수함을 상징한다.
20 마법의 지팡이이다.

마치 북극에 가까운 곳에서 강이   34
겨울에 으레 단단하게 얼어붙으면,
라인 강에서 시골 여자들 무리가
긴 흔적을 남기며 미끄럼 타듯이,
그렇게 그는 단단하게 얼지 않은
강물의 불안정한 바닥 위로 왔고,
두 기사가 시선을 응시하고 있는
곳에 도착하자마자 곧바로 말했다.

"친구들, 힘들고 어려운 탐색 일을   35
하는데, 누군가가 안내를 해야지요.
찾아야 할 기사는 이 땅에서 멀리
신비롭고 위험한 고장에 있으니까.
오, 얼마나 많은 일이 남아 있는지!
얼마나 많은 바다를 달려야 하는지!
그대들의 탐색을 우리 세상의 경계
너머까지 밀고 나아가야 할 것이오.

그런데 나의 비밀 주거지가 있는   36
감추어진 동굴로 들어가기 바라오.
거기에서 중요한 것과 그대들이 더
알아야 하는 것을 듣게 될 것이오."
그리고 강물에게 길을 내라고 명령을
내리자 강물은 바로 뒤로 물러났고,

이쪽과 저쪽에 마치 경사진 산처럼
갈라지고 가운데가 앞에 나타났다.

그는 그들의 손을 잡고 강 아래의   37
가장 깊은 곳으로 그들을 이끌었다.
마치 아직 차지 않은 달[21]이 숲속에
비치듯 희미하고 약한 빛이었지만,
물로 가득한 방대한 동굴을 보았는데,
거기에서 세상의 모든 물길이 나와
샘물로 솟아나거나, 널따란 강으로
흐르거나, 고여서 호수를 형성했다.

거기에서 포 강이 태어나고, 갠지스,   38
젤룸,[22] 유프라테스, 도나우,[23] 돈[24] 강이
나오는 걸 볼 수 있었고, 나일 강이
거기에서는 발원지를 감추지 않았다.
더 아래에 있는 강을 하나 보았는데,

---

21 원문에는 킨티아Cynthia(이탈리아 이름은 친치아Cinzia)로 되어 있는데, 델로스 섬의 킨토
스 산에서 나온 여성형 이름이다. 그리스 신화에서 달의 여신 아르테미스(로마 신화에서는
디아나)의 별명이다.

22 원문에는 이다스페Idaspe로 되어 있는데, 젤룸Jhelum 강의 옛 이름이다. 젤룸 강은 인도
의 카슈미르 계곡에서 발원하여 파키스탄을 거쳐 인더스 강으로 유입되는 강이다.

23 원문에는 이스트로Istro(고대 그리스어로는 이스트로스ǐστρος, 라틴어로는 이스테르Ister)
로 되어 있는데, 도나우Donau 강의 옛 이름이다.

24 원문에는 타나Tana(고대 그리스어로는 타나이스Τάναϊς)로 되어 있는데, 돈Don 강이 흑
해 북부 아조프 해로 흘러드는 하구에 있던 옛 도시의 이름이다.

액체 유황과 액체 은²⁵이 흘러갔으며
그것을 태양이 정제하여 액체로부터
하얀 덩어리와 금 덩어리로 만든다.²⁶

그 풍부한 강 주변의 강변이 온통   39
귀한 돌들로 장식된 것을 보았는데,
마치 많은 횃불이 비추듯이 그곳을
환히 비추고 두려운 어둠을 눌렀다.
거기에서 푸른 사파이어와 지르콘²⁷이
푸르스름한 하늘빛으로 반짝였으며,
루비가 붉게 타고, 단단한 금강석이
빛나고, 에메랄드가 환하게 웃었다.

기사들은 놀라서 갔고, 새로운 것에   40
그들의 생각이 온통 몰두하여 전혀
말이 없었다. 마침내 우발도가 말을
꺼내 자신들의 안내자에게 물었다.
"오, 우리가 어디에 있으며, 어디로
안내하고, 당신이 누군지 말해주세요.

---

25 수은.
26 그러니까 유황 액체와 수은을 정제하여 금과 은으로 만든다는 뜻인데, 당시 유행하던 연금
술의 이론에 의한 것이라고 한다.
27 원문에는 giacinto, 즉 "히아신스hyacinth"로 되어 있는데, 보석의 일종인 지르콘zircon을
가리킨다.

큰 놀라움이 가슴에 넘쳐 사실인지,
꿈인지, 헛것인지 전혀 모르겠습니다."

그러자 "그대들은 안에서 모든 것을   41
생산하는 지구의 큰 뱃속에 있으며,
내가 안내하지 않으면, 그 내부의
깊은 곳으로 절대 들어갈 수 없소.
곧이어 그대들이 보게 될 놀랍게
빛나는 내 궁전으로 안내할 것이오.
나는 이교도였지만 신성한 물로 다시
태어나게 하느님께서 은총을 주셨소.[28]

경이롭고 현명한 내 일들은 지옥의   42
힘들에 의해 이루어진 것이 아니오.
(코키토스와 플레게톤을 강요하는 데
마법이나 분향을 쓰지 않게 해주소서.)[29]
하지만 식물이나 물에 어떤 효능이
숨겨져 있는지 그 효과를 연구하고,
자연의 다른 미지의 신비들과 여러
별들의 움직임을 관찰하고 있다오.

---

28 그리스도교 세례를 받았다는 뜻이다.
29 지옥의 악마들을 활용하는 데 마법을 쓰거나 유황이나 향을 태우지 않도록 해달라고 하느
님에게 기원하고 있다.

내 거주지는 언제나 하늘에서 멀리   43
떨어진 지하의 동굴 안에 있는 것이
아니라, 자주 레바논이나 카르멜 산[30]의
높은 주거지에서 사는데, 거기에서는
금성과 화성이 자신의 모든 모습을
나에게 전혀 감추지 않고 드러내고,
다른 모든 별이 빠르거나 늦게 돌고,
좋거나 나쁜 영향을 주는 걸 본다오.

그리고 발 아래로 빽빽하거나 희박한   44
구름과 이리스가 그린 색깔들[31]을 보고,
비와 이슬이 생성되는 것을 관찰하고,
어떻게 바람이 비스듬하게 부는지,
어떻게 번개가 불붙고 구불구불한
길을 따라 아래로 내려가는지 보고,
혜성과 다른 천체를 가까이 보면서
때로는 나 자신이 오만해질 정도요.

나 자신에 대해 너무나도 만족하여   45
내 지식이 높은 창조주께서 자연에
대해 하실 수 있는 것을 틀림없이

---

30 예루살렘 북쪽에 있는 산으로 가장 높은 곳은 해발 546미터이다.
31 무지개. 그리스 신화에서 이리스는 무지개의 여신이다.

정확히 이해한다고 생각하기도 했소.
하지만 피에로[32]가 신성한 강에서 내
머리와 불순한 영혼을 씻어주었고,
내 시선을 위로 돌렸고 나 자신이
어둡고 짧다는 것을 깨닫게 했다오.

최초 진리의 빛 앞에서 우리 마음은   46
태양 앞에 밤의 새 같음을 깨달았고,
나 자신과 전에 그렇게 오만해지게
만들던 어리석음에 대해 웃었지만,
그분이 원하시는 대로 예전 마법과
처음의 일들을 지금도 계속 한다오.
분명 나는 예전과는 다른 사람이고
그분께 의존하고, 그분을 지향하며

평온을 찾는다오. 그분은 최고 높은   47
주인이자 스승으로 가르치고 명령하며
때로는 우리를 이용해 당신의 손에
합당한 일을 경멸하지 않기도 하오.
이제 불굴의 영웅[33]이 먼 감옥에서
진영으로 돌아가게 내가 배려하도록

---

32 은둔자 피에로.
33 리날도.

명령하셨고, 그분을 통해 예견했던
그대들의 도착을 전부터 기다렸다오."

그렇게 말하면서 그는 그들과 함께   48
자신이 살고 쉬는 거처에 도착했다.
그곳은 동굴 모양이었고 그 안에는
크고 널찍한 방들과 거실이 있었다.
대지가 풍부한 내부에서 부양하는
가장 귀한 보석들이 거기에서 모두
눈부시게 빛났고, 그 모든 장식은
인공이 아닌 자연의 아름다움이었다.

여기에는 수많은 하인들도 있었으며   49
신중하고 빠르게 손님들에 봉사했고,
은으로 만들어진 거대한 식탁에는
크리스털과 황금 그릇들이 있었고,
자연적인 그들의 배고픔이 음식으로
충족되고 목마름이 해소되었을 때
마법사가 기사들에게 말했다. "이제
그대들의 욕망이 충족될 시간이오."

그리고 말했다. "사악한 아르미다의   50
일과 기만은 그대들도 일부 알듯이,
어떻게 진영에 와서 어떻게 수많은

기사들을 데리고 갔는지 알 것이오.
그리고 그 사악한 여주인이 집요한
매듭으로 그들을 묶었으며, 가자로
많은 호위와 함께 보냈고, 기사들은
중간에서 풀려난 것도 알고 있지요.[34]

그 후에 일어난 것을 이야기할 텐데   51
그대들이 아직 모르는 진짜 이야기요.
그 사악한 마녀는 공들여서 차지했던
전리품이 다시 빼앗긴 것을 깨닫고는
괴로움에 자신의 두 손을 깨물었고
분노에 불타올라 자기 혼자 말했소.
'아! 절대로 그[35]는 내 많은 죄수들을
풀어주었다고 자랑하지 못할 거야!

다른 사람을 풀어주었다면 그들의   52
고통과 형벌을 자신이 받아야 하지.
그것으로 충분하지 않아. 다른 모든
사람들에게 피해가 가도록 할 거야.'
그렇게 말하면서, 이제 내가 들려줄
사악한 속임수를 짜려고 계획했소.

---

34 앞의 제10곡 60~72연에서 풀려난 기사들이 이미 자세하게 이야기했다.
35 리날도.

그녀는 리날도가 자기 기사들과 싸워
이기고 일부를 죽인 곳으로 갔지요.

거기서 리날도는 자기 갑옷을 벗고   53
한 이교도의 갑옷을 바꿔 입었는데,
아마 잘 알려지지 않은 옷차림으로
몰래 가기를 원했기 때문일 것이오.
마녀는 그 갑옷을 들고 바로 안에다
머리 없는 몸통을 싸서 놔두었는데,
예상했듯이 프랑스인들이 자주 가는
강 옆의 기슭에 잘 보이게 만들었소.

그녀는 주변에 많은 첩자를 보내서   54
그 모든 것을 예상할 수 있었지요.
그래서 종종 진영에서 누가 떠나고
누가 돌아오는지 소식을 알았으며,
게다가 종종 악마들과 이야기했고
오랫동안 함께 머물기도 했답니다.
그래서 자신의 계획에 매우 적절한
장소에다 죽은 시신을 놔두었지요.

멀지 않은 곳에다 목동 옷을 입은   55
현명한 하인을 한 명 배치하였고,
그에게 거짓으로 행동하고 말하게

명령했고 그는 그대로 따라했지요.
그가 사람들에게 말했고, 그리하여
품고 있던 의혹의 씨앗을 퍼뜨렸고,
불화와 싸움을 유발했고, 결국에는
거의 내부 전쟁을 유혹할 정도였소.

그녀의 계획대로 고프레도에 의하여   56
리날도가 살해되었다고 믿었으니까요.
결국에는 진실이 밝혀지면서 잘못된
의혹이 사라지기는 했지만 말이오.
그것이 내가 그대들에게 이야기하는
아르미다의 첫째 교활한 속임수라오.
이제 어떻게 리날도를 추격하였으며
무슨 일이 있어났는지 들려주겠소.

마치 신중한 사냥꾼처럼 아르미다는   57
길목에서 리날도를 기다렸으니, 그는
오론테스 강[36]이 나뉘어 섬을 이루고
그 후 다시 합류되는 곳에 이르렀고,
강가에 기둥이 하나 있고 가까이에
작은 배가 하나 있는 것을 보았지요.

---

36 오론테스Orontes(아랍어 이름은 아시العاصي) 강은 레바논에서 발원하여 시리아와 터키를 지
나 지중해로 흘러드는 강이다.

그는 곧바로 하얀 대리석으로 만든
작품을 보았고 황금빛 글을 읽었소.

'오, 의지나 아니면 우연에 이끌려   58
이 강변에 오게 된 그대가 누구이든,
이 조그만 섬이 감추고 있는 것보다
놀라운 것은 동양과 서양에 없다오.
원하면 와서 보시오.' 경솔한 그는
곧바로 설득되어 그 강을 건너갔고,
배가 너무 작았기 때문에 시종들을
남겨두고 자기 혼자만 건너갔다오.

섬에 도착한 다음 호기심의 눈길을   59
주위로 돌렸지만, 동굴과 물과 꽃과
풀과 나무 외에는 아무것도 보이지
않았기에 놀림을 당했다고 믿었지요.
하지만 그래도 그곳이 여러 가지로
즐겁고 좋았기에 머물러서 앉았고,
머리의 투구를 벗고 부드럽게 부는
감미로운 미풍에 기운을 회복했어요.

그러는 동안 강물이 특이한 소리로   60
흐르는 소리를 듣고 그곳을 보았고,
강 한가운데에서 파도가 그 자체로

돌며 소용돌이치는 것을 보았는데,
여기서 금발이 약간 밖으로 나왔고,
여기서 아가씨의 얼굴이 솟아났고,
여기서 가슴과 젖가슴이 솟아났고,
부끄러움에 감추는 곳까지 나왔어요.

마치 야간 극장 무대에서 여신이나   61
요정이 천천히 나타나는 것 같았지요.
그녀는 비록 진짜 세이렌이 아니라
마법의 환영 같았지만, 티레니아 해[37]
해변의 유혹적인 바다에서 살았다는
그런 존재들 중의 하나로 보였으며,
아름다운 얼굴처럼 감미로운 소리로
노래했고 하늘과 대기도 달콤해졌지요.

'젊은이들이여, 4월과 5월이 꽃들과   62
녹색 잎으로 그대들을 뒤덮는 동안,
오, 영광이나 덕성의 거짓된 빛살이
부드러운 마음을 유혹하지 않기를!
오로지 좋아하는 것을 따르고 자기
계절에 결실을 따는 자만 현명해요.

---

37 티레니아Tirrenia 해는 이탈리아 반도 서쪽의 바다이다. 전통적으로 세이렌들의 섬은 티레
니아 해 남부 소렌토 근처에 있었다고 믿었다.

자연이 그렇게 외치는데, 당신들은
지금 그의 말에 귀를 막고 있나요?

당신들의 젊은 나이는 너무 짧은데   63
어리석게 왜 귀한 선물을 버리나요?
세상이 가치와 장점이라 부르는 것은
실질 없는 우상이며 헛된 이름일 뿐.
오만한 인간 당신들을 달콤한 소리로
유혹하고 아름답게 보이는 명성은
한갓 메아리, 꿈, 아니 꿈의 그림자,
가벼운 바람에 흩어지고 사라진다오.

육체는 안심하고 즐기고, 평온하게   64
약한 감각은 즐거운 대상을 즐기며,
지나간 걱정을 잊고, 다가올 역경을
앞당기면서 고통을 서두르지 마시오.
천둥과 번개가 쳐도 걱정하지 말고,
마음대로 위협하고 화살을 쏘라 해요.
이것이 현명함이고 행복한 삶이라고
자연은 가르치고 그렇게 가르친다오.'

사악한 요정은 노래하면서 젊은이를   65
달콤한 목소리로 잠으로 이끌었지요.
잠은 조금씩 들어와 강력하고 힘찬

그의 감각을 모두 지배하게 되었고,
천둥이나 다른 무엇도 이제 죽음과
같은 모습에서 그를 깨우지 못했소.
그러자 사악한 마녀가 숨어 있다가
나와 복수의 열망에 그에게 갔지요.

그렇지만 시선을 그에게 고정시키고   66
평온한 모습으로 숨 쉬는 그를 보고,
감고 있는데도 (만약 뜨면 어떨까요?)
부드럽게 미소 짓는 멋진 눈을 보자,
처음에는 잠시 멈추었고, 잠시 옆에
앉았으며, 그를 바라보는 동안 모든
분노가 가라앉았으며, 나르키소스[38]가
샘물을 보듯이 멋진 얼굴을 보았소.

그리고 거기에서 솟는 생생한 땀을   67
자신의 베일로 가볍게 닦아주었고,
부드러운 부채질로 여름날 하늘의
열기를 그에게 식혀주고 있었다오.
그렇게 (누가 믿겠소?) 감긴 눈의
잠자는 불꽃이 가슴에 금강석보다

---

38 그리스 신화에서 아름다운 청년 나르키소스는 샘물에 비친 자기 모습을 보고 사랑에 빠
졌다.

단단하게 굳었던 얼음을 녹였으며,
그녀는 적에서 연인으로 되었다오.

그 아늑한 강변에서 꽃을 피우는   68
쥐똥나무, 백합, 장미에다 새로운
마법을 덧붙여서 그녀는 느리지만
아주 강력한 사슬을 만들었습니다.
그것을 그의 목과 두 팔, 다리에
발랐고, 그렇게 그를 붙잡았으며,
그가 자는 동안 자기 마차에 태워
여기에서 재빨리 하늘로 달렸어요.

다마스쿠스 왕국³⁹으로 가지 않았고,   69
파도 한가운데⁴⁰의 성에도 가지 않고
그 소중한 인질에 대하여 질투하는
자신의 사랑에 부끄러워서 거대한
대양에 숨었는데, 우리의 해변에서
어떤 배도 거의 가지 않고 우리의
세상 밖에 있는⁴¹ 곳으로, 거기 있는

39 아르미다의 숙부 이드라오테가 통치하는 곳이다.(제4곡 20연 이하 참조)
40 사해(제10곡 61연 참조).
41 원문에는 fuor tutti i nostri lidi, 즉 "우리의 모든 해변 밖에 있는"으로 되어 있다. 뒤이어
     설명하듯이, 아르미다가 숨은 "거대한 대양"은 대서양이며, 따라서 헤라클레스의 기둥, 즉
     지브롤터 해협 너머를 가리킨다.

작은 섬을 외로운 주거로 삼았다오.

그 작은 섬의 이름은 인근의 다른   70
섬들과 함께 포르투나에서 나왔지요.[42]
거기에서 그녀는 사람이 살지 않고
어두운 그림자의 산꼭대기로 갔으며,
마법으로 산등성이와 옆면에는 눈이
내리게 했고, 꼭대기에는 눈이 전혀
없이 아름답게 녹음이 우거졌는데,
그곳 호수 옆에다 궁전을 세웠어요.

언제나 봄인 그곳에서 그녀와 함께   71
연인[43]은 달콤한 사랑의 삶을 살았소.
이제 그렇게 멀고 숨겨진 감옥에서
그대들은 젊은이를 구출해야 하고,
그곳 산과 궁전을 지키는, 질투하는
그 마녀의 수비대를 물리쳐야 하오.
그대들을 그곳으로 안내하고 중요한
임무에 무기를 제공할 자가 있어요.

---

42 소위 '행운의 섬들isole Fortunate' 또는 '축복받은 자들의 섬들'(제15곡 35연 참조)로, 고전 문헌에서 대서양에 있는 것으로 되어 있으며, 프톨레마이오스 이후 일반적으로 카나리아 제도와 동일시되었다. 카나리아 제도(스페인어 이름은 Islas Canarias)는 모로코 서쪽 대서양에 있는 스페인 영토이다.

43 리날도.

강에서 나가자마자 얼굴은 젊지만   72
나이가 많은 여인[44]을 만날 것인데,
긴 머리칼을 이마 위로 땋고 있고
옷의 다채로운 색깔로 알 수 있소.
그녀가 먼바다로 데려다줄 텐데,
날개를 펼치는 독수리보다 빠르고
날아가는 번개보다 빠르며, 돌아올
때도 충실한 안내자로 만날 것이오.

마녀가 살고 있는 산의 아래쪽에서   73
쉭쉭대며 미끄러지는 놀라운 왕뱀들,
등에 거센 털을 곤추세우는 멧돼지들,
커다란 입을 벌리는 곰들과 사자들을
보게 될 테지만, 내 지팡이[45]를 흔들면
그 소리에 감히 접근하지 못할 것이오.
그리고 만약 진실을 똑바로 본다면
더 큰 위험은 꼭대기에서 볼 것이오.

그곳 샘에서는 보기만 해도 갈증이   74
나도록 멋지고 깨끗한 물이 솟지만,
그 맑고 시원함 속에는 비밀스럽고

---

44 행운의 여신 포르투나이다. 섬의 이름과 관련하여 그녀를 안내자로 삼고 있다.
45 제15곡 1연에서 "황금 지팡이"라고 밝힌다.

사악한 특별한 독약이 숨겨져 있어,
눈부신 물을 조금만 마셔도 곧바로
정신이 취하고 행복하게 만들어서
누구든지 웃게 되고, 너무 웃다가
지나쳐서 결국에는 죽게 된답니다.

그대들은 그런 사악하고 치명적인   75
물을 증오하고 피하며 입을 돌리고,
녹색 호숫가에서 유혹하는 음식들도
피하고, 기분 좋고 음탕한 목소리에
유혹하면서 웃음을 짓는 부드러운
모습의 사악한 아가씨들도 피하고,
신중한 시선과 말로 경멸하면서
높은 문으로 들어가도록 하시오.

안에는 무수히 혼란스럽게 도는   76
벗어날 수 없는 벽들로 싸였지만,
내가 분명한 작은 지도를 줄 테니
어떤 실수로 헤매지 않을 것이오.
미궁 한가운데에 정원이 있는데,
모든 잎이 사랑을 내뿜는 듯하고
새롭게 돋아난 풀밭 한가운데에
기사와 여인이 누워 있을 것이오.

하지만 그녀가 연인을 남겨두고   77
다른 곳으로 발길을 돌리게 되면,
그 앞에 모습을 드러내고 내가 줄
강철 방패를 얼굴 앞에 세우시오.
그러면 방패에 비쳐 자기가 입은
부드러운 옷과 자기 모습을 보고,
그런 모습에 부끄럽고 경멸하여
가슴에서 사악한 사랑을 쫓으리다.

이제 그대들에게 말할 것이 없고,   78
다만 완전히 안심하고 갈 수 있고
미궁 같은 궁전의 가장 내밀하고
가장 깊은 곳에 들어갈 수 있다오.
마법의 힘이 그대들이 가는 길을
막거나 걸음을 늦추지 못할 것이며,
덕성의 안내로 그대들이 가는 것을
아르미다가 예견하지 못할 테니까.

나중에 그녀의 거처에서 탈출하고   79
돌아오는 것도 역시 안전할 것이오.
하지만 이제 잘 시간이고, 그대들은
내일 새벽에 일찍 일어나야 하오."
그는 그렇게 말했고. 이어 그들이
밤에 머물러야 할 곳으로 안내했다.

거기에 그들을 남겨두고 훌륭한
노인은 휴식을 취하려고 물러났다.

1. 토르콰토 타소의 생애

토르콰토 타소Torquato Tasso(1544~1595)는 이탈리아 남부 해안의 아름다운 작은 도시 소렌토에서 태어났다. 아버지는 북부의 베르가모 출신이었으나 궁정인으로 당시에는 살레르노의 군주를 섬기고 있었다. 하지만 살레르노의 군주가 추방되면서 타소는 여섯 살 때부터 아버지를 따라 시칠리아, 나폴리를 거쳐 로마, 우르비노, 베네치아 등 여러 곳을 전전하였다. 하지만 어머니는 지참금 문제 때문에 타소의 누나와 함께 나폴리에 남아 있었는데, 1556년 로마에 머물고 있던 타소 부자에게 어머니의 사망 소식이 전해졌다. 1559년 베네치아로 갔고 거기에서 열다섯 살 무렵『해방된 예루살렘Gerusalemme liberata』을 집필하기 시작하였는데 처음의 제목은『예루살렘』이었다.

1560년 아버지의 뜻에 따라 파도바 대학 법학부에 진학했으나 법학 공부에는 관심이 없고 문학에 이끌렸고, 결국 1년 뒤에는 문학을 공부해도 좋다는 아버지의 허락을 받았다. 그 무렵 데스테d'Este 가문의 루이지Luigi 추기경(1538~1586)의 궁정에 들어가게 되었고, 1561년 추기경의 누이 엘

레오노라를 섬기던 궁정 여인 루크레치아 벤디디오를 만나 사랑에 빠졌다. 타소는 그녀에 대해 여러 편의 시에서 노래했으나 그녀가 결혼한 뒤 격분하고 절망했다.

그동안 기사도를 노래한 서사시『리날도 Rinaldo』를 완성하여 루이지 추기경에게 바쳤고, 1562년 베네치아에서 출판된 이 작품으로 아직 젊은 타소는 유명해지기 시작했다. 그리고 장학금을 받아 대학 공부를 계속하게 되었고, 파도바 대학에서 2년 동안 공부한 다음 볼로냐 대학으로 옮겼으나, 그곳 학생들과 교수들에 대해 풍자했다는 혐의로 장학금을 박탈당하고 추방되어 파도바로 돌아왔다.

1565년 페라라에 정착하여 루이지 추기경을 섬겼으나 1572년부터는 추기경의 형이자 페라라의 공작 알폰소 Alfonso 2세(1533~1597)를 섬겼다. 루이지 추기경은 타소가 문학에 몰두할 수 있게 허용해주었고, 타소는 추기경의 두 누이 루크레치아와 레오노라와 가까이 지내면서 데스테 궁정의 풍부한 문화적 환경에서 많은 영향을 받았다. 거기에서 탁월한 목가극(牧歌劇)『아민타 Aminta』가 탄생하였다. 1573년 처음 공연된 이 작품은 16세기 궁정들에서 많은 인기를 끌었다. 『아민타』의 성공에 힘입어 이듬해에는 비극『토리스몬도 왕 Re Torrismondo』을 발표하였다.

1575년에『해방된 예루살렘』초고를 완성했고, 제목을『고프레도 Il Goffredo』로 정했다. 그런데 바로 그 무렵부터 타소는 신경증에 시달리기 시작했다. 주요 원인은 공들여 완성한 작품을 종교 재판 당국이 싫어하지 않을까 하는 두려움이었다. 그로 인해 여러 사람에게 충고를 구했고, 심지어 스스로 종교 재판관에게 검열을 의뢰하기도 했다. 검열에서 커다란 문제가 없다고 결론을 내렸는데도 불구하고 타소의 의혹은 사라지지 않고, 심리적 불안감이 점점 더 악화되었으며 죽을 때까지 그를 떠나지 않았다.

그런 이유 때문인지 타소는 알폰소 공작과 페라라 궁정에 싫증을 느끼기 시작했고 결국 감시를 당하다가 몰래 도망쳐 누나가 있는 소렌토로 갔다. 그리고 다시 페라라 궁정으로 돌아왔지만 또다시 달아났고 이곳저곳 떠돌다가 우르비노에서 토리노까지 걸어가기도 했다. 그렇게 신경증과 광기에 시달리던 타소는 페라라 궁정에서 커다란 소동을 일으켰고, 결국 1579년 산탄나Sant'Anna 병원에 강제로 구금되기에 이르렀으며, 무려 7년 동안 격리된 감금 생활을 하였다. 그가 감금되어 있던 방은 소위 '타소의 독방'으로 유명해지기도 했다. 거기에서 정신병이 더욱 악화되어 타소는 끔찍한 악몽과 환각, 환청에 사로잡히기도 했다.

타소의 광기와 감금 생활은 곧바로 대중적인 호기심의 대상이 되었다. 특히 광기의 원인과 관련하여 여러 가지 이야기가 떠돌았다. 가장 널리 퍼진 소문에 의하면 타소는 정말로 미친 것이 아니라 알폰소 공작의 누이와 애정 관계를 가졌고, 그것에 대해 공작이 처벌하기 위하여 미쳤다는 누명을 씌워 감금하였다는 것이다. 그 구체적인 증거로 감금 생활 동안 집필한 작품이 지극히 명료하고 합리적이라는 사실을 들기도 한다. 사실 여부를 떠나 그런 전설은 타소를 유명하게 만들었고, '타소의 독방'을 방문한 적이 있는 괴테는 희곡『토르콰토 타소』(1790)를 쓰기도 했다. 낭만주의 시대에 타소는 개인과 사회 사이에서 빚어지는 갈등의 상징이자, 사람들에게 이해받지 못하고 박해당한 천재로 간주되었다. 그런 맥락에서 이탈리아 최고의 서정시인 자코모 레오파르디Giacomo Leopardi(1798~1837)는 타소의 천재성에 대한 애정 어린 글들을 남겼다.

산탄나 병원에서 처음에 1년 남짓한 기간 동안에는 엄격하게 격리되고 비참한 생활을 강요당했지만, 서서히 완화되어 친구들을 맞이하거나 편지를 쓰고, 작품을 집필하도록 허락되었다. 그리하여 여러 사람과 수많은 편지를 주고받았으며, 다양한 주제의 대화편을 비롯하여 여러 작품을 완성하였다. 그런데 병원에 격리되어 있는 동안 타소의 허락도 없이 『해방된 예루살렘』 해적판이 출판되기 시작했다. 1581년에는 두 가지 판본이 출판되었는데, 『해방된 예루살렘』이라는 제목은 당시 해적판의 편집자가 정한 것이었다. 그리하여 타소는 마지못해 작품의 출판을 허락하게 되었고, 1581년 6월 24일 페라라에서 공식적인 판본이 출판되었다.

1586년 타소는 마침내 병원의 감금 생활에서 풀려났고, 만토바의 공작 빈첸초 곤차가Vincenzo Gonzaga(1562~1612)의 궁정에 머무르면서 한동안 평온을 되찾은 것처럼 보였다. 하지만 또다시 만토바의 궁정을 떠났고, 갖가지 고통을 겪으면서 페라라, 볼로냐, 로마, 나폴리 등 이탈리아 전역을 떠돌면서 생활하다가 1595년 로마에서 사망하였다. 한편으로는 시인으로서의 명성과 명예를 누렸지만, 다른 한편으로는 내면적 고뇌와 번민에 시달리며 떠도는 삶을 살았던 타소의 유해는 로마 자니콜로 언덕의 산토노프리오Sant'Onofrio 성당에 묻혀 있다.

2. 『해방된 예루살렘』

『해방된 예루살렘』은 열다섯 살 무렵 베네치아에 머무르는 동안에 집필하기 시작하여 1575년 완성한 타소의 최고 걸작이다. 모두 20곡, 즉 '노래canto'로 구성되었으며, 총 1,917개의 '8행연구ottava', 그러니까 15,336행으로 되어 있다. 전통적인 이탈리아 서사시의 형식에 따라 11음절 시행에 각운은 ABABABCC 형식으로 되어 있다. 시행의 숫자로만 보면 단테의 『신곡』보다 약간 길다.

전체적인 스토리는 비교적 단순하다. 제1차 십자군 전쟁이 6년째(실제 역사에서는 3년째로 대략 1099년 초에 해당한다) 되던 해에 부용의 고프레도는 하느님의 뜻에 따라 십자군의 '대장capitano', 즉 총사령관으로 선정되고 우여곡절 끝에 성지 예루살렘을 정복하게 된다는 것이다. 그리고 이 핵심 이야기를 중심으로 다양한 곁가지 이야기들이 펼쳐진다. 특히 여러 남녀 등장인물들 사이에서 빚어지는 사랑 이야기는 독자들에게 읽기의 재미를 더해주는 주요 요인이 된다. 소프로니아와 올린도, 아르미다와 리날도, 클로린다와 탄크레디, 에르미니아와 탄크레디 사이의 사랑과 그로 인한 여러 가지 사건과 애증의 드라마는 제각기 독립적인 이야기이면서 동시에 전체적인 사건의 흐름과 유기적으로 연결되어 있다.

여기에 나오는 남녀의 애정 이야기는 중세 기사도 문학과 함께 탄생한 소위 '궁정식 사랑courtly love'의 모델과는 뚜렷하게 구별된다. 이상적이고 관념적인 사랑이 아니라 지극히 현실적이고 지상적인 사랑을 지향하며, 대부분의 경우 원하는 사랑을 얻기 위하여 수단이나 방법을 가리지 않는다. 그런 맥락에서 여성의 육체적 아름다움과 매력을 강조하고, 때로는 상당히 감각적이고 에로틱한 장면 묘사도 많이 등장한다. 아르미다가 '행운의 섬'에 마법으로 세워놓은 영원한 쾌락의 정원이 대표적인 예이다. 또한 육체적 관계, 특히 순결한 여성과의 육체적 접촉이 사랑의 궁극적인 목적인 것처럼 그곳 정원에서 불어오는 바람은 새벽에 사랑의 장미를 꺾으라고 속삭이기도 한다. 심지어 클로린다와 탄크레디의 비극적인 결투마저 두 사람의 관계를 의식하여 연인들 사이의 에로틱한 사랑의 이미지와 연결시키고 있다.

그리고 사건의 흐름은 주로 단순한 이분법에 따라 선과 악, 천국과 지옥, 천사와 악마에 의해 좌우된다. 이 두 초월적 세력은 핵심 줄거리를 비롯하여 거의 모든 사건의 흐름을 결정짓는 핵심 요소이다. 또한 거기에다 마법이 중요한 변수로 작용한다. 마법사와 마녀는 양쪽 진영 모두에서 온갖 계략과 술책으로 갖가지 사건을 벌이면서 중요한 역할을 한다. 대부분의 주요 사건에는 마법이나 초월적인 힘이 개입함으로써 예상하지 못한 방향으로 전개되기도 한다. 그리고 마법은 사랑과 밀접하게 연결되기도 한다. 특히 아르미다는 사랑과 마법이 교묘하게 융합된 대표적인 등장인물이다.

이러한 세속적 사랑 이야기와 마법적 요소들이 가미됨으로써 성스러운 전쟁의 이미지가 흐려지지 않을까 하는 두려움은 타소의 정신병에 주요 요인으로 작용하였다. 거기에다 당시의 시대적 상황도 심리적 압박을 가하였다. 그 무렵 이탈리아에서는 종교 재판과 검열이 한창 맹위를 떨치고 있었다. 종교 개혁의 물결을 막기 위해 열렸던 트렌토 공의회(1545~1563)가 마무리된 지 얼마 되지 않은 데다 1559년 소위 '금서 목록Index librorum prohibitorum'이 발표되면서 공포 분위기는 널리 확산되어 있었다. 작품을 읽어본 알폰소 공작은 출판을 원했지만, 타소는 두려움에 망설였다. 결국 박식하고 권위 있는 인물 다섯 명에게 작품에 대한 평가를 부탁했고, 그들의 긍정적 또는 부정적인 판단 사이에서 계속 흔들리면서 작품을 수정해야겠다는 생각에 집착했다.

『해방된 예루살렘』이 1581년 공식적으로 출판된 직후부터 타소는 수정과 보완 작업을 시작하였다. 특히 병원의 감금 생활에서 풀려난 다음에는 열정과 심혈을 기울여 작업했다. 그리하여 사랑과 관련된 장면들을 상당 부분 삭제하였으며 그 대신 이야기의 종교적이고 도덕적이며 엄숙한 측면을 강조하였다. 그뿐만 아니라 일부 다른 일화들도 줄이거나 삭제했고 제목까지 『정복된 예루살렘Gerusalemme conquistata』으로 바꾸었다. 『정복된 예루살렘』은 1593년 로마에서 출판되었지만 별로 관심을 끌지 못했는데, 수많은 교정으로 인해 일반적으로 『해방된 예루살렘』과는 다른 별개의 독립적 작품으로 간주된다.

타소가『해방된 예루살렘』을 쓰게 된 동기로는 당시의 시대적 상황과 개인적 경험을 들 수 있다. 그 무렵 소아시아에서 세력을 확장시킨 오스만 제국의 메흐메트 2세는 1453년 콘스탄티노폴리스를 점령하여 비잔티움 제국을 몰락시킨 다음 유럽 전역에 위협을 가하면서 공포감을 확산시켰다. 그러니까 이슬람교와 그리스도교가 첨예하게 대립하던 시기였고, 그것은 과거 십자군 전쟁의 기억을 되살리기에 충분하였다. 타소는『해방된 예루살렘』을 페라라의 알폰소 공작에게 헌정하였는데, 작품 안에서 공작을 고프레도에 비유하면서 오스만 제국에 대항하여 새로운 십자군 전쟁을 지휘하라고 권한다. 그리고 타소는 어렸을 때부터 예수회 학교에서 공부하면서 독실한 가톨릭 교육을 받았다. 그런 데다 결혼한 누나가 소렌토에서 오스만 함대에게 납치당할 위험에 직면한 일이 있었다. 그로 인해 타소는 이슬람에 대해 더욱 강한 혐오와 반감을 품게 되었으며, 그것 역시 작품 집필에 영향을 주었을 것으로 짐작된다.

그리스도교와 이슬람교 사이의 대립과 전쟁이라는 주제는 프랑스 소재 기사도 문학을 탄생시켰을 뿐만 아니라 수많은 이야기들의 끊임없는 원천이었다. 특히 이탈리아에서는 오를란도(프랑스어 이름은 롤랑)를 비롯한 여러 기사의 모험이 일반 대중들뿐만 아니라 궁정에서도 커다란 인기를 끌었다. 십자군 전쟁이 시작될 무렵 300년 전에 있었던 전설적인 오를란도의 무훈담이 노래되면서 오랜 세월 동안 커다란 인기를 끌었던 것처럼, 16세기 후반 오스만 제국의 위협은 십자군 전쟁의 위업을 되돌아보게 만드는 계기가 되었다.

타소는 이러한 기사도 서사시의 전통을 이어받으면서 동시에 당시의 시대적 상황을 반영하고자 했다. 가장 커다란 관심을 기울인 것은 역사적 사실에 충실하려는 것이었다. 오를란도를 비롯한 대부분의 기사도 이야기가 순수한 문학적 허구로 상상력을 자극하는 멋진 여흥거리였던 것에서 벗어나려고 시도한 것이다. 여흥보다는 오히려 교훈적이고 교육적인 측면에 초점을 맞추려고 했다. 최소한 핵심 줄거리와 주요 등장인물은 실제 역사에서 이끌어내고, 부수적이고 주변적인 것들은 허구로 장식하려고 했다. 그래서 선택한 것이 제1차 십자군 전쟁에서 성지 예루살렘을 탈환하는 이야기였다. 역사에 충실하기 위하여 타소는 티레Tyre의 굴리엘모Guglielmo(프랑스어 이름은 기욤Guillaume, 1130?~1186)가 쓴 『역사 Historia』를 주요 출전으로 삼았다. 작품에도 등장하는 티레의 굴리엘모는 아마도 프랑스 또는 이탈리아계로 추정되는데, 예루살렘에서 태어났으며 레바논 남서부 티레의 대주교를 역임하였다.

그렇지만 독자들의 호기심을 자극한 것은 역사적 사실 못지않게 허구적인 이야기들, 특히 남녀 등장인물 사이에서 빚어지는 애정의 드라마였다. 그 덕택에 『해방된 예루살렘』은 출판 직후부터 엄청난 대중의 인기를 끌었다. 그것은 수많은 편집과 거듭되는 인쇄에서 분명히 드러난다. 16세기 마지막 후반에만 서른 가지에 달하는 판본이 나왔으며, 17세기와 18세기에 나온 판본도 각각 백여 가지가 넘었고, 19세기에는 무려 오백 가지 판본이 출판되었다. 그런 인기는 이탈리아에만 국한되지 않았다. 곧바로 라틴어를 비롯한 유럽의 여러 언어들로 번역되면서 다른 나라 독자들의 마음을 사로잡았다. 또한 다양한 형식으로 패러디하거나 모방한 작품들도 이어졌다.

『해방된 예루살렘』은 문학 이외의 다른 예술 분야에도 영향을 주었는데, 특히 애틋한 사랑 이야기들은 음악가에게 멋진 소재를 제공하였다. 대표적인 예로 17세기 중반 몬테베르디에 의한 「탄크레디와 클로린다의 결투」에 뒤이어 마드리갈을 비롯한 다양한 형식의 음악이 발표되었고, 헨델, 글

루크, 하이든, 로시니, 드보르자크 등에 의한 오페라가 나왔다. 미술에서는 로렌초 리피, 푸생, 들라크루아, 티에폴로, 틴토레토 등 뛰어난 화가들이 타소의 이야기를 소재로 작품들을 남겼다. 또한 발레의 주제가 되기도 했고, 현대에 들어와서는 영화나 연극, TV 드라마로 제작되기도 했다.

『해방된 예루살렘』이 널리 인기를 끌면서 페라라 출신의 뛰어난 작가 아리오스토Ludovico Ariosto(1474~1533)의 『광란의 오를란도Orlando Furioso』와 비교하는 논쟁이 벌어졌는데, 그것은 이탈리아 문학사에서 가장 유명한 논쟁 중의 하나로 꼽힌다. 논쟁의 발단은 카푸아 출신 시인 펠레그리노Camillo Pellegrino(1527~1603)가 1584년 피렌체에서 출판한 대화편 『카라파 또는 서사시에 대해Il Carrafa, o vero della epica poesia』에서 비롯되었다. 여기에서 펠레그리노는 아리오스토와 타소의 걸작을 비교하면서, 타소의 작품은 아리스토텔레스의 규범을 충실하게 따르고 윤리적인 시라고 높게 평가하였고, 반면에 아리오스토의 작품에 대해서는 경박하고 산만하다는 이유로 비판하였다.

이런 주장에 대해 1583년 피렌체에서 탄생한 이탈리아어 연구 학자들의 모임인 '아카데미아 델라 크루스카Accademia della Crusca'에서 강하게 반발하였다. 반박의 주요 논지는 타소의 작품이 아리오스토의 위대하고 완벽한 걸작을 모방하고 표절하는 데 머물렀다는 것이다. 그리고 이런 비판에 대해 타소는 『해방된 예루살렘을 옹호하는 변명Apologia in difesa della Gerusalemme liberata』을 출판하였고, 무엇보다도 자신의 작품이 실제 역사를 토대로 하였다는 사실을 강조하였다. 논쟁은 한동안 잠잠해지기도 했지만 타소가 사망한 이후에도 계속되었다.

타소가 아리오스토의 작품을 모델로 삼은 것은 사실이다. 하지만 플롯이나 구성 방식, 작가의 태도와 어조 등 여러 가지 면에서 다른 모습을 보이고 있다. 그 이면에는 시대적 상황의 변화가 주요 원인으로 작용하였다. 『광란의 오를란도』가 출판된 16세기 전반 페라라는 르네상스가 최전성기에 이른 데다 정치적으로나 종교적으로 비교적 자유로운 분위기였으나, 불과 50여 년 뒤 타소가 『해방된 예루살렘』을 집필하던 무렵에는 완전히 다른 환경으로 바뀌었다. 그런 시대적 변화는 직접적으로나 간접적으로 작품 집필에 영향을 주지 않을 수 없었고, 타소의 신경증에도 주요 요인으로 작용하였다. 그런 점을 고려한다면 타소와 아리오스토의 작품을 평면적으로 단순하게 비교하는 것은 별로 의미가 없을 것이다. 각자 고유한 역사적, 문화적 맥락 속에서 나름대로의 정당성과 고유한 가치를 갖고 있기 때문이다.

『해방된 예루살렘』은 『광란의 오를란도』와 함께 중세 기사도 문학을 최종적으로 마무리하는 작품이라고 할 수 있다. 실제로 이 작품이 출판된 16세기 후반은 르네상스가 막바지에 이르면서 새롭게 열리기 시작한 근대를 맞이하기 위하여 분주하게 움직이던 무렵이었다. 그런 상황에서 『해방된 예루살렘』은 지나간 중세 기사도 문학의 이상과 서사시의 전통을 향수 어린 눈길로 되돌아보면서 마지막 작별을 고하는 것처럼 보인다. 장엄하게 끝나가는 한 시대를 회상하고 마무리하는 작품이지만 그 감동은 여전히 강렬하다. 그런 이유 때문인지 고뇌와 번민으로 가득한 타소의 삶과 함께 지금도 독자들의 마음속에 긴 여운을 남긴다.

2017년 하양 금락골에서
김운찬

인명 찾아보기

ㄴ

나르키소스Narkissos XIV 66

ㄷ

두도네Dudone I 53; III 37-54, 66, 72-73; V 2, 9-13, 20-21; XVIII 73, 95
드라구테Dragutte IX 40
디아나Diana XX 68

ㄹ

라우렌테Laurente IX 34
라이몬도Raimondo I 61; III 59-62; V 39; VII 61, 70-96, 103-106; XI 20, 59; XVIII 55-
    56, 63-67, 102-104; XIX 43-52, 120-128; XX 6, 79-91
라폴도Rapoldo XVII 30
람발도Rambaldo I 54; V 75, 81-83; VII 33, 38-39; X 69
레스비노Lesbino (바프리노의 아버지) XIX 81
레스비노Lesbino (솔리마노의 시종) IX 85
로도비코Lodovico XVII 74
로베르토Roberto (노르망디 공작) I 38; XVIII 65; XX 9, 49, 71
로베르토Roberto (플랑드르 백작) I 44; XVIII 65; XX 9, 49, 71
로사노Rossano IX 90
로스몬도Rosmondo I 55; VII 67; XX 40
로스테노Rosteno IX 90
루지에로Ruggiero I 54; VIII 66, 107-108; XX 112
리날도Rinaldo I 10, 45, 58; III 37-59; V 17-26, 33-42, 55 VIII 7-9, 38, 46-50, 63-67,
    77-80; X 71-74; XIV 22-25, 52-57; XVI 19-29, 42, 56; XVII 45-53, 64-65, 81-84;
    XVIII 1-38, 72-75, 97-99; XIX 31-37, 49, 71-78, 124-126; XX 10, 53-70, 101-134
리돌포Ridolfo (아일랜드 사람) VII 67, 119
리돌포Ridolfo (용병) I 56; V 75

ㅈ

지은이

** 토르콰토 타소Torquato Tasso, 1544~1595

1544년 이탈리아 남부 소렌토에서 태어났으나, 궁정인이었던 아버지를 따라 어렸을 때
이탈리아 북부로 갔다. 아버지의 뜻에 따라 처음에는 대학에서 법학을 공부했지만 문학
에 전념하게 되었고, 페라라에서 데스테 가문의 루이지 추기경을 섬겼다. 젊었을 때부터
서사시와 비극, 목가극을 발표하면서 유명해지기 시작했고, 제1차 십자군전쟁을 소재로
하는 장편 서사시『해방된 예루살렘』을 완성했다. 하지만 종교재판의 검열에 대한 두려
움과 함께 시작된 정신병으로 병원에 감금되기도 하였다.『해방된 예루살렘』은 15,336행
에 이르는 방대한 분량으로 십자군전쟁의 위업과 함께 여러 남녀 등장인물들의 애틋한
사랑 이야기로 유럽에서 오랫동안 인기를 끌었다.

옮긴이

김운찬

**
한국외국어대학교 이탈리아어과와 같은 대학의 대학원을 졸업하고 이탈리아 볼로냐 대
학교에서 움베르토 에코의 지도하에 화두(話頭)에 대한 기호학적 분석으로 박사 학위를
받았다. 현재 대구가톨릭대학교 교양교육원 교수로 재직하고 있다. 지은 책으로『현대
기호학과 문화 분석』,『신곡 읽기의 즐거움』,『움베르토 에코』가 있고, 옮긴 책으로 단테
의『신곡』과『향연』, 루도비코 아리오스토의『광란의 오를란도』, 체사레 파베세의『피곤한
노동』,『냉담의 시』, 엘리오 비토리니의『시칠리아에서의 대화』, 이탈로 칼비노의『교차된
운명의 성』,『팔로마르』, 프리모 레비의『멍키스패너』, 조반니 과레스키의『까칠한 가족』,
『신부님 우리 신부님』, 안토니오 타부키의『집시와 르네상스』,『사람들이 가득한 트렁크』,
움베르토 에코의『일반 기호학 이론』,『번역한다는 것』,『논문 잘 쓰는 방법』등이 있다.

∵∵ 한국연구재단총서 **학술명저번역 서양편 597**

해방된 예루살렘 ❷

1판 1쇄 펴냄 | 2017년 4월 10일
1판 2쇄 펴냄 | 2018년 10월 5일

지은이 | 토르콰토 타소
옮긴이 | 김운찬
펴낸이 | 김정호
펴낸곳 | 아카넷

출판등록 2000년 1월 24일(제406-2000-000012호)
10881 경기도 파주시 회동길 445-3
전화 | 031-955-9510(편집) · 031-955-9514(주문)
팩시밀리 | 031-955-9519
책임편집 | 이하심
www.acanet.co.kr

ⓒ 한국연구재단, 2017

Printed in Seoul, Korea.

ISBN 978-89-5733-543-7 94880
ISBN 978-89-5733-214-6 (세트)

이 도서의 국립중앙도서관 출판예정도서목록(CIP)은
서지정보유통지원시스템 홈페이지(http://seoji.nl.go.kr)와
국가자료공동목록시스템(http://www.nl.go.kr/kolisnet)에서 이용하실 수 있습니다.
(CIP제어번호: CIP2017006966)